ROBERT DE MONTESQUIOU

TÊTES
COURONNÉES

PARIS
EDWARD SANSOT, Éditeur
7, *Rue de l'Éperon*, 7

TÊTES COURONNÉES

DU MÊME AUTEUR

RECUEILS D'ESSAIS

Roseaux Pensants.
Autels Privilégiés.
Professionnelles Beautés.
Altesses Sérénissimes.
Assemblée de Notables.
Brelan de Dames.
Têtes d'Expression.

Pour Paraître :

Majeurs et Mineurs.
Élus et Appelés.

AU DOCTEUR

PAUL LOUIS COUCHOUD

EN REMERCIEMENT

DE SON GOÛT POUR MES LIVRES

ET DE SON AMITIÉ POUR LEUR AUTEUR

ROBERT DE MONTESQUIOU.

I

COMPTE-COURANT

COMPTE-COURANT

Quand la Guerre a éclaté, les éléments de ce Recueil étaient réunis. C'est le huitième de mes volumes d'Essais. Il représente donc la suite de mon travail quotidien. Le publier n'entraînait qu'une obéissance au conseil de Barrès : « Non-combattants, retournons au travail. »

Néanmoins, je ne l'aurais pas fait sans scrupules ; certes, je l'aurais fait sans élan, si je n'avais eu conscience d'avoir, sur un autre point, et d'une autre manière, répondu à une plus haute aspiration, à une plus immédiate inspiration, accompli ce qui réalisait, dès lors, pour moi, ma contribution à l'effort commun.

Cet apport, je me suis évertué à le fournir en composant, en publiant mes « Offrandes Blessées », le poème dans lequel j'ai mêlé la pourpre de beaucoup de plaies au sel de beaucoup de pleurs.

· Nombre de témoignages, publics ou privés, m'ont induit à croire que je n'avais démérité ni de mon projet ni de mon plan, que mes lacrymatoires irisés avaient recueilli bien des larmes pures, et que mon

Graal militaire s'était rempli d'un sang fraternel.

Des lettres particulières, je ne veux citer aucune, dans un livre publié. Elles sont nombreuses, dirai-je innombrables, et que depuis l'apparition de mon ouvrage, elles n'ont cessé de m'apporter les plus hautes comme les plus touchantes récompenses de mon geste et de mon cantique ?

De l'une d'elles, cernée de noir, par un glorieux deuil paternel, j'extrairai seulement cette phrase, parce que les mots en composent, entre tous, la couronne souhaitée par mon effort et reçue par lui, en échange de celle que j'avais moi-même placée sur un tombeau héroïque :

« Quelles magnifiques Elégies Guerrières vous avez données à la France, à toute la France, qui vit confiante, héroïque et meurtrie, dans les pages de votre livre ! »

★

Parmi ce que j'appellerai *les voix extérieures*, j'en choisis deux, hautement qualifiées pour assurer, à ce qu'elles louent, une noble conscience de soi.

Voici comment s'exprime, au cours d'un spontané, d'un chaleureux article, mon ancien adversaire réconcilié, Arsène Alexandre, me donnant ainsi, une fois de plus, cette satisfaction, entre toutes, émouvante, de voir, sans doute, un peu de mérite réagir contre des opinions préconçues :

« Un beau livre, et si beau qu'il marchera au premier rang, comme il s'est élancé le premier en date, quels que puissent être ceux qui nous viendront des poètes dont nous sommes fiers. »

Afin de remercier mon nouvel ami, j'ai composé pour lui les strophes suivantes, qui résument notre première querelle, en même temps qu'elles l'effacent :

OFFRANDE ÉPROUVÉE

C'est apprendre à s'aimer que de se chercher noise ;
Seule l'indifférence est stérile, un choc fier
Fait jaillir l'étincelle, et l'éclair qui se croise
Permet de mesurer la qualité du fer.

Ce n'est pas vainement que l'aspect des épées
Imite le feuillage acéré des iris ;
Les fleurs ne sont pas loin de leurs lames trempées
Dans les larmes d'Athos et le sang d'Aramis.

Lorsque, l'assaut fini, se lèvent les visières,
On voit se révéler des visages humains ;
Et, lorsqu'un même deuil humecte les paupières,
Des gantelets tombés sort l'étreinte des mains.

Et Daniel Lesueur, sur la fin d'une étude très
étendue et d'une très généreuse louange, conclut
éloquemment :

« Rien ne pouvait grandir le poète qu'était Robert de Montesquiou, comme d'offrir aux héros de
notre Patrie, aux vivants, aux morts, aux mères,
aux veuves, aux blessés, aux mutilés, aux aveugles,
aux humbles, aux serviteurs même, quittant la
livrée pour nous défendre glorieusement sous l'uni-
forme, aux paysans, aux orphelins, à tous ceux qui
luttent et qui pleurent, ces *Offrandes Blessées*, qui
sont une noble action en même temps qu'un très
noble livre. »

★

Ces couronnes sont-elles méritées ? Sauf pour la
sincérité de ma visée, à laquelle je les rapporte
toutes, ce n'est pas à moi de me prononcer, pas
plus, d'ailleurs, qu'à personne qui vive, les couronnes temporelles étant sujettes à défleurir.

Mais ce que je dois à cette sincérité particulière,
comme à la justice générale, c'est la mise au point
d'une critique, celle qu'Ernest Hello appelait « la
petite », et qui le méritait, par la mauvaise humeur
que ne rachète pas la bonne foi.

Cette critique, la voici, dans son *in extenso*,
d'ailleurs aussi peu étendu par les proportions que
par l'envergure :

« Monsieur Robert de Montesquiou est un poète remarquable, dont l'œuvre abondante et très personnelle vaudrait une étude d'ensemble, que je dois remettre à des temps plus heureux. Son nouveau recueil, *les Offrandes Blessées*, est consacré à la Guerre et contient beaucoup de vers parfaits. »

Jusqu'ici rien que des fleurs, des roses sans épines. Attendons un peu.

« On ne pourrait lui reprocher qu'un peu de monotonie (il se compose de près de deux cents petites pièces dont chacune comprend douze alexandrins en trois strophes) et aussi un peu de cette subtilité précieuse qui convient moins bien à un sujet d'intérêt général qu'à ceux de volumes comme les *Hortensias Bleus* ou le *Chef des Odeurs Suaves*. »

Passons sur la subtilité (que tant de gens me félicitent d'avoir à peu près abdiquée en la circonstance) et réclamons seulement contre l'application à ces poésies peut-être non sans quelque grandeur, de l'adjectif « petites », qui serait injurieux s'il n'était inexact ; ce qui ne l'empêche pas d'être injurieux, seulement, c'est pour celui qui l'emploie, en cette occasion, qu'il devient tel. En effet, des pièces ne sont pas forcément *petites*, parce qu'elles sont *courtes*, un mot que je recommande à Monsieur Souday, quand il voudra parler de morceaux brefs, sans manquer à un auteur, à soi-même et à la terminologie.

In caudâ venenum.

« Quelques violences contre de grands hommes, qui ne sont pour rien dans les horreurs actuelles, paraissent, enfin, quelque peu inopportunes. »

Je pense qu'il est ici question de Wagner

Dont il n'est pas permis de nier le miracle,

ai-je écrit, mais qu'il est difficile de ne pas associer rétrospectivement à ce qui se passe, avec l'approbation exprimée, et imprimée de son fils.

Mais voici l'absinthe, ou ce qui se donne pour tel :

« *L'un d'eux même est Français, et ce n'est pas le moment de rabaisser nos gloires.* »

Manquer de patriotisme ! Reproche, certes, grave pour un livre écrit dans l'espoir de l'incarner, avec autant de ferveur que de tendresse, et qui se flattait d'y avoir, non seulement réussi, mais excellé, au jugement d'esprits doués de cette « compétence et de cette bonne foi » que Verlaine déplore de ne pas rencontrer dans la Critique.

J'ai peur que ni l'une, ni l'autre de ces qualités ne lui soit venue depuis, car enfin c'est le moins qu'on puisse, qu'on doive faire que de formuler, et nettement, les motifs d'une accusation qui représenterait, par la contradiction, l'anéantissement d'une visée.

Par malheur, ceux qui, faute de pouvoir jeter le grain, ne font que jeter la pierre, ne s'inquiètent même pas qu'elle soit précieuse. De cela je leur en veux. J'ai vu le caillou qui a lapidé Saint Etienne ; je voudrais le montrer à Monsieur Paul Souday, qui en tirerait un enseignement dont la nécessité se fait sentir. C'est un bijou, digne d'un pendentif qui ferait honneur à Lalique, tandis que les gravats, dont il cherche à nous assommer, ne font aucun honneur à notre tailleur de moellons.

La perfidie de ces sortes d'insinuations, c'est de s'arrêter volontairement en route, pour laisser faire le reste du chemin par le voyageur abusé, dans une direction qui n'est pas la bonne.

Imaginez, par exemple, qu'un lecteur naïf se persuade que, loin d'avoir servi mon pays, dans la mesure de mes moyens, au cours de ces heures terribles, je l'aie trahi, ne fût-ce que sur un point, en reniant « une des gloires de la France », selon l'expression de Monsieur Souday qui, vous le voyez, n'y va de main morte, ni dans ses accusations ni dans ses cultes ; évidemment je n'en mènerais pas large, tandis que je me sens, au contraire, fort à mon aise pour répondre à mon accusateur, qu'il n'est pas loin de me paraître manquer de religion, quand je le vois mettre au rang de nos pures gloires, celui qu'en excluent, en termes plus expressifs, des autorités moins arbitraires.

En effet, cette « gloire », qui ne prend pas néces-
sairement cette forme, aux yeux de tous les chrétiens, c'est, ma foi ! VOLTAIRE.

Le reste de ma défense est facile, puisqu'il me
suffit de la confier à trois avocats, dont la parole
laisse celle de Monsieur Souday dans le plus tem-
poraire des crépuscules. Je professe la plus sincère admiration pour Ernest Hello, c'est toujours,
pour moi, un honneur et un bonheur que de le citer, et vraiment, cette fois, il vient à mon secours,
d'une façon, c'est le cas de le dire, toute providen-
tielle.

Or, Hello commence par citer (n'en déplaise à
Monsieur Souday) le mot de Joseph de Maistre, sur
Voltaire : « Si quelqu'un, en parcourant sa biblio-
thèque, se sent attiré vers les œuvres de Ferney,
Dieu ne l'aime pas. »

Et le citateur ajoute : « Si ce méchant homme
avait eu le sort qu'il méritait, je n'exhumerais pas
ce nom ignoble, Voltaire serait ce qu'il doit être,
un gamin oublié. »

Ailleurs, il insiste : « Enfin, Monsieur de Chateaubriand dit en parlant de Voltaire : « Ce grand
homme. » — Ce mot est écrit dans le Génie du
Christianisme, deuxième partie, chapitre V. — Il
est permis de douter, un moment, même devant
l'évidence, même devant le livre ouvert. Mais
quand on a lu plusieurs fois le paragraphe, il faut

se rendre, le mot est écrit. Ce mot-là ferme sur Monsieur de Chateaubriand, critique littéraire, la discussion. J'aurais eu beaucoup de choses à citer, mais après ce mot-là, je n'en citerai aucune. »

Il en résulte que je ne pense pas, sans frémir, au peu d'amour que Monsieur Souday eût inspiré à Hello, non moins qu'à la désaffection dont il ne peut qu'être lui-même l'objet, de la part du Seigneur.

Hello exagère ; il ne tient pas compte du lecteur auquel s'adressait Monsieur de Chateaubriand, qui voulait le ramener, et ne le pouvait qu'en faisant mine de ne pas briser tout de suite les vieilles idoles. Mais, plus tard, s'adressant à l'abbé Seguin, l'auteur de la *Vie de Rancé*, pouvait, devait tenir un autre langage.

Ce langage, le voici :

« Voltaire naissait, cette désastreuse mémoire avait pris naissance dans un temps qui ne devait point passer : la clarté sinistre s'était allumée au rayon d'un jour immortel. »

Le reste ne comporte plus que gentillesses et bagatelles.

« Il est, par contre, — poursuit l'aristarque — inutile d'en reconnaître de nouvelles (gloires) à l'adversaire, et de ranger Mendelsohn parmi les génies. »

Reconnaissons, nous, à ce maigre trait, le genre
tatillon du critique, dont le principal souci (toujours suivant Hello) consiste à « compter avec soin
les virgules, dans l'espérance qu'il en manque une».
Cette espérance-là, dans le domaine de ma confusion, Maître Souday se flatte de la voir couronnée,
de ce fait que je donne gratuitement · du génie à
l'auteur des *Romances sans Paroles*. (Ah ! que les
romances de Monsieur Souday ne se réclament-
elles de ce joli titre !) Eh bien ! je n'en démords
pas : il y a génie et génie ; Mendelsohn reste pour
moi un charmant génie, ce qui n'est pas le caractère du génie de Monsieur Paul Souday, lequel est
sombre, sobre d'éloges autant que d'œuvres ; par
bonheur, aussi, naïf, s'il s'imagine qu'un ouvrage
conçu dans la douleur, théologalement accompli
dans la foi, l'espoir et l'amour, couronné par beaucoup de louanges publiques et privées, pourrait
être justiciable de quarante lignes, dont, quelle
que puisse être ma modestie, il me faut bien con-
venir que les douze qui sont de moi, ne sont pas
les pires ; les autres échappées à la plume plombée
d'un critique hargneux, que la Fortune aveugle a
chargé d'une mission, qu'il reconnaît mal, en paraissant l'exécuter sous la devise du *Cave canem*,
plutôt que du *Fave cantum*.

Quand on veut assurer à sa juridiction générale
et à sa prédilection particulière, une autorité, à ce

point, infaillible, il faudrait, hélas ! ne pas errer
dans son département spécial, et ne pas avoir réu-
ni, chez soi, deux cents personnes, pour entendre
réciter des vers de la Duchesse de Rohan, qui est
une fort aimable et considérable dame, mais qui
serait, sans contredit, le plus détestable des poètes,
si sa production mirlitonnesque pouvait (ce que
Saint Orphée se gardera toujours de permettre) jamais être considérée comme douée du moindre
rapport avec la poésie.

Hello, je le répète, a dit, de Chateaubriand, qu'il
n'y avait pas lieu de lui reconnaître d'esprit critique, puisqu'il avait donné du « grand homme » à
Monsieur de Voltaire. Je ne sais si Monsieur Souday jugera suffisant de se voir comparer à Chateaubriand ; tout de même je me risque. Je dirai donc :
Monsieur Souday, chargé de maintenir l'équilibre
entre les plateaux de ses petits fours et les plateaux
de la Thémis littéraire, a cru devoir les faire fra-
terniser sous les espèces d'une récitation ducale.
En foi de quoi, la dictature artiste de Monsieur
Souday s'en trouve infirmée *urbi et orbi*, *motu pro-
prio* et *sine die*.

Le « Temps » ne compte pas que des collabora-
teurs insuffisamment conséquents et fortement gro-
gnons : il en a d'aimables et de sagaces. C'est un
de ceux-ci qui me disait, un jour, avec beaucoup
de grâce et un peu de scepticisme, que cet organe

solennel était considéré « comme un arbitre » ; et il
ajoutait en souriant : « Du moins par quelques-uns.»

M'est avis que, si ce pouvoir temporel tient à ne
pas voir augmenter le nombre des quelques autres,
qui se méfient, il fera bien d'y regarder à deux fois,
avant de commettre son infaillibilité aux mains
d'interprètes accessibles aux gloires salonnières et
à la littérature de tabouret.

Mais, j'y pense, après tout, un tabouret, c'est un
fauteuil sans dossier ; peut-être ce critique insuffisamment assis, excité par l'exemple de Monsieur
Doumic, ose-t'il darder dans la direction de l'Institut, son désir de siège ; peut-être bien aussi croit-
il commencer de faire ses preuves et témoigner de
ses aptitudes, en s'exerçant à cette impertinence
académique, laquelle n'est pas de tous les ressorts:
Je vois bien qu'il voudrait se faire aussi gros que
Jules Lemaître ; mais je ne vois pas qu'il y réus-
sisse. Il a beau se tourner du côté de Monsieur
Faguet, et lui lancer un « M'y voici ! » un peu an-
goissé, ce n'est pas l'organe de ce dernier qui lui
répond : « Vous n'en approchez point... », c'est la
vox populi qui le ramène à ses proportions et le
rend à ses chères études.

Je doute que mes productions leur fournissent,
désormais, l'occasion de s'exercer. Du moins, ce
ne sera pas de ma faute, et pour la raison que j'ai
dite. J'avais pourtant pris ce sage parti de ne pas

envoyer mon bréviaire douloureux à ce promoteur de duchesses. Il est venu le réclamer à mon éditeur; cette démarche m'ayant paru marquer un progrès, je n'ai pas cru devoir refuser à un apparent bon vouloir le moyen de s'amender, j'ai offert, de ma main, le volume, revêtu de ce sage conseil : « Peut-être une occasion de dire du vrai, en disant du bien. »

Le foudre de Guénégaud n'a pas cru devoir, lui, céder à cette aimable invite, ou du moins, qu'avec des coups de chapeaux si peu affables qu'ils nous font penser à ce couvre-chef de Gustave Planche, qu'un matou vengeur était allé enterrer au fond du jardin.

Ces circonstances auront pour effet de dispenser l'arbitre-cyclope de m'adresser peut-être une seconde fois, à propos de mon *Météore*, le reproche tout gracieux, n'est-ce pas ? de « méconnaître les gloires de la France... », à vrai dire, en argumentant à la manière d'un Frère Trois-Points, plutôt qu'à celle d'un compatriote de Jeanne d'Arc.

Cette assimilation avec l'auteur de la Pucelle serait-elle du goût de l'auteur de la Samaritaine ? Ce n'est pas certain. Penser comme Chateaubriand, de Maistre et Hello, lui semblerait peut-être plus enviable. Ce serait choisir la meilleure part.

Suite des bagatelles :
« Mais on admirera la fertilité d'invention poéti-

que de Monsieur de Montesquiou, la beauté de certaines images, la variété d'idées et de tour qu'il a su introduire dans un cadre fixe et un peu rigide. Je citerai, à titre d'échantillon, l'Offrande Esthétique, qui n'est pas celle de Monsieur de Montesquiou :

L'artiste dont la paix fut le champ de bataille,
De luttes, de combats, de triomphes parfois,
Ne trouve plus de mots qui semblent à la taille
De s'assortir à ceux des meurtrières voix.

L'instrument qui frissonne en ses mains désarmées
Par le temps qui s'effeuille ou le mal qui détruit,
N'obéit plus aux lois que la sienne a charmées
Et renonce à l'appât de la houle et du bruit.

Puis, comme le retrait de l'hymne qui s'élance,
Prouvant un sacrifice, atteste une vertu,
A ceux qui l'écoutaient il offre le silence
De ce qui pouvait plaire et de ce qui s'est tu.

On voit que Monsieur de Montesquiou comprend les scrupules de ses confrères silencieux, mais il a eu grandement raison de ne point les partager. »

Ce que je vois, moi, c'est que Monsieur Souday pense bien faire de l'esprit à mes dépens, ce qui ne représente pas toujours la meilleure façon d'en avoir ; même de l'ironie, qui l'induit à cet essai d'égayer les moins bons de ses lecteurs, au détriment de mon livre plus qu'ému, en faisant observer que je ne l'aurais pas écrit, si je m'étais montré fidèle au plan qu'il indique ; il veut bien me féliciter de ne pas m'y être conformé.

Cette facile plaisanterie possible, je m'étais, je l'avoue imaginé quelqu'un d'assez sémillant pour en hasarder la lourde pirouette ; mais j'en avais éliminé le danger, comme négligeable. Je n'ai pas changé d'avis. Je n'accepte pas la félicitation de Monsieur Souday, la tenant pour imméritée. Un tel livre, incliné comme le Samaritain, agenouillé comme Véronique, ne conserve d'esthéticien que ce qu'il faut pour embellir les doigts qui souhaitent de recueillir le visage d'un dieu ou d'assister une détresse humaine. Ma véritable Offrande Esthétique, celle qui *s'est tue,* que j'ai différée (cela ne suffirait-il pas à lui mériter ce titre ?) c'est le livre dans lequel il sera traité de Monsieur Paul Souday, et où je tâcherai de mettre, moi aussi, en dépit de mon inaptitude à ces deux emplois, un peu d'esprit et un peu d'ironie, pour lui montrer que je suis ses exemples.

M'étant donc, du mieux que j'ai pu, mis en règle avec « la petite critique ». je veux, selon l'expression de Molière, « au ciel, avec de l'ambroisie,

m'en débarbouiller tout à fait... » en ajoutant un
mot de la grande.

Ce mot n'est pas de moi, je le regrette, mais
puisqu'il m'est adressé, mon regret se tempère.

« Quelle joie, m'écrit, de la ligne du feu, un sol-
dat inconnu, après une lecture de mon poème —
quelle joie de penser que mourant, même avec humilité, quelque chose de nous restera vivant après
la guerre ! »

D'une telle « critique », il n'y a rien à dire, mais
seulement à « laisser le silence remplir la pause
obscure », suivant le conseil de Shelley.

J'ai dit, au début de ces lignes, que les éléments
de ce volume étaient réunis, quand survint la
Guerre. Je n'ai rien cru devoir y changer. C'est du
passé enregistré, qui, dans un autre ouvrage, lui
aussi terminé, apparaîtra bien plus significative-
ment révolu, périmé, distant. Pour cette raison, je
me suis abstenu d'ajouter à l'étude, du moins cons-
ciencieuse, de mon principal modèle, l'examen des
poésies que les nouveaux événements lui ont inspirées. Cette inspiration est certainement généreuse
et sincère ; je ne voudrais donc pas paraître la cri-
tiquer, en critiquant les formes, plutôt l'unique
forme qu'elle a revêtue.

Cette forme, c'est, à de bien rares et brèves exceptions près, invariablement, l'ironie transcen-
dante, la diatribe à jet continu. Autant dire qu'en
face des sujets, justiciables de la seule émotion,
elle ne pouvait satisfaire. Il semble que ce malheur
lui soit advenu. C'était à craindre. L'émotion n'est
pas le fort de Monsieur Rostand. On ne peut pas
tout avoir.

Un jour que, dans une réunion de notables, entre
lesquels je me trouvais par hasard, on s'entrete-
nait de ces récentes productions du célèbre auteur,
quelqu'un qui l'apprécie et l'admire, tout comme
je le fais moi-même (j'espère le lui prouver, sans
fadeur, mais non sans ferveur, par cette attention
soutenue), quelqu'un dit : « Il est mal parti... » et
parut, j'ai le regret de l'avouer, résumer ainsi l'impression générale, à propos de ces derniers vers.

Le Pégase d'Arnaga, frappant, de son sabot fameux, le sol de l'Argonne, en a fait jaillir des flots
de sarcasmes, où l'on aspirait à des flots de larmes.
Et l'on a été déçu ; ceux du moins qui ne réflé-
chissent pas assez pour comprendre qu'à force de
comparer les pleurs avec les perles, on a fini par
les identifier. Cette assimilation va trop vite ; il
est vrai que ça se ressemble un peu, mais ça n'est
tout de même pas la même chose.

ROBERT DE MONTESQUIOU.

TÊTES COURONNÉES

TÊTES COURONNÉES

J'ai consacré, dans un autre volume, un chapitre au Livre de d'Annunzio, qui, le premier, transporte, dans le domaine de l'Art, la grande découverte aérienne ; ce chapitre, je l'ai intitulé Le Roman de la Terre et du Ciel.

C'est dans ce ciel là que planait l'Archange d'Or, *l'admirable Sébastien, dont je décris aujourd'hui le vol.*

Ce vol, il est porté par toutes les plumes dont s'empennent les traits plantés par tant d'artistes dans le torse blanc, où le bois du javelot dessine une petite ombre, l'Ombre des Flèches, *en laquelle s'abrite ce qui nous reste de foi.*

Saints d'Israël, *ce sont deux justes, que j'ai connus, appréciés, et auxquels je veux apporter le tribut de mon admiration perpétuée. Ce fragment, j'avais décidé de l'intituler* Deux Saints Juifs, *pour témoigner que la Sainteté me parait praticable dans toutes les religions, même les plus opposées. Tout de même, son titre, tel que je l'avais primitivement imaginé, me parut un peu rude, propre à engendrer des malentendus, et pour*

2

cela, je le changeai contre celui qui s'exprime de même,
avec plus de douceur. Puisse-t'il, lui aussi, mieux
exprimer, à son tour, ce que je pense de ceux des mor-
tels qui ont employé le bien, au bon et au beau, servant
ainsi d'exemple à ceux des puissants, qui ne font cas de
leur pouvoir, que dans la mesure où il leur permet
d'apparaître plus humains, au plus noble sens du
terme.

Parmi ceux-là il convient, certes, de ranger Monsieur Camille Groult, l'éminent collectionneur artiste,
si grandiloquent durant ses jours, et si vite entré, on
ne sait pourquoi, dans le silence, on ne sait comment,
presque dans l'oubli. Je l'ai fréquenté, il m'a donné
des preuves d'estime et d'amitié, qui me restent chères.
J'avais résolu de le lui prouver avec une Étude, aimée
de ses amis, et comme il convient, toujours, comme à
jamais, il advient, suspecte à ses proches. Le jugement
des premiers m'a, dès longtemps paru, j'ose le dire,
plus clairvoyant que celui des seconds, dans toutes les
occasions propres à porter l'addition des circonstances
d'une vie d'homme, au total de la gloire. Ce sont donc
les premiers que j'écoute, me jugeant ainsi, en ce qui me
concerne, le fidèle apôtre d'une mémoire qu'il me plaît
de servir.

Monsieur Groult qui m'aurait su gré d'inventer,
pour lui, ce beau nom : l'Ami du Voleur de Soleil,

professait, on le sait, un goût passionné pour le peintre Turner, auquel l'Angleterre, on ne l'ignore pas, a décerné l'étrange et magnifique titre dorant ici, de son reflet, celui qui en exalta le titulaire.

Au Météore *consacrons quelques lignes de plus, pour éviter, s'il se peut, ces petits « malentendus » que lui-même déclare, d'ailleurs avec raison, justement négligeables.*

Une caractéristique de l'art de Monsieur Rostand *(puisque c'est de lui qu'il s'agit sous les espèces de ce météore) et particulièremens de son dernier ouvrage dramatique, c'est de ne pouvoir être abordés de sang froid. Je l'ai souvent observé, à leur approche, les jugements se désorbitent, les appréciations divaguent, les visions s'écarquillent.*

Un chroniqueur n'allait-il pas, l'autre jour, jusques à qualifier « d'alcyoniens » les sentiments que lui faisait éprouver l'audition de Chantecler ? (Ne serait-ce pas le cas de répondre : « J'allais le dire... » comme fit un jour spirituellement une dame, à un musicien qui lui déclarait, d'une mélodie, qu'elle était octogone ?)

Se voir « passé à tabac », ou à encens, paraît être, sans transition, le destin d'un sujet qui mérite mieux. Est-ce le défaut des apologistes de l'écrivain, qui détermine, en contre partie, le défaut de ses détracteurs ?

*Or, la première faute de tels apologistes, c'est de pa-
raître persuadés que, seule, une envie, due à l'incom-
parable mérite de cet auteur, peut empêcher d'abonder
dans leur sens. Je crois que les envieux peuvent eux-
mêmes être mal jugés. On se représente très bien un
envieux prenant, pour le point de mire de son vilain
vice, d'autres œuvres et d'autres artistes.*

*La deuxième faute de tels thuriféraires, c'est de pa-
raître menacer presque furieusement les invisibles en-
nemis que sont tous ceux qui se permettraient d'être
d'un avis différent du leur.*

*Puisse le Météore au titre fulgurant et instable,
puisse l'Essai de bonne foi, qui le porte, se maintenir
à égale distance de l'acrimonieux et du doucereux !*

*Ce sera difficile. Une sorte de mégalomanie natio-
nale s'est instituée à l'égard de Monsieur Rostand, et
qui doit bien le gêner (oserons nous dire : l'embêter ?...)
à ses heures aimables, dans l'acception du terme, c'est-
à-dire celles qui sont dignes d'être aimées. De même
que son alouette se démesure, ni plus ni moins qu'une
grenouille, pour grossir aux proportions d'un bœuf céleste, de même tout ce qui l'approche, croit devoir
s'amplifier pour se sentir à la hauteur de la circonstance. Les couronnes changent de formes, les mots changent de sens, les chiffres changent de valeur. Enfin,
quand, par infortune, il advient que Monsieur Rostand*

nous apparaît comme la victime heureusement indemne,
d'un accident d'auto, il convient que la dite voiture soit
un « lourd véhicule » — *qui pèse deux mille kilos et*
(je n'invente pas) « dont un des côtés lui pesait sur
l'abdomen. » Tout le nez de Cyrano, et même de Pif-
Luisant, n'en supporterait pas davantage.

J'ai conservé, sous ce titre, Les Nouveaux Déco-
rés, *un factum qui présente, de cette impérieuse ampli-*
fication, un spécimen incroyable, allant jusqu'à dire,
des premiers succès du jeune auteur, qu'ils se sont ma-
nifestés « sans hérésie. » D'où il résulte que ne pas
admirer Monsieur Rostand, tout au moins dans son en-
tier, n'aurait pas été seulement une dissidence ou tout
simplement une façon personnelle de sentir et de pen-
ser, mais une impiété, *un schisme. Encore dernière-*
ment, un article sur le même sujet m'apparut intitulé
En écoutant Edmond Rostand. *Et cela m'a rappelé,*
malgré tout, en un peu moins ample, ce titre de Victor
Hugo : Une nuit qu'on entendait la Mer sans la
voir.

L'article s'achevait sur ces deux phrases : « Monsieur
Edmond Rostand m'a regardé. Il a souri. » Du temps
de Molière, on formulait : « Ecrivez qu'elle a ri. »
Aujourd'hui on rédige : « Ecrivez qu'il a souri. » Et
le lecteur bénévole ne demande pas mieux que d'en
faire autant.

Enfin, d'une interprète, un mot bien étonnant, parce qu'il semble sincère, qu'il est évidemment naïf et, probablement, irréfléchi. « *Monsieur Edmond Rostand, dit l'actrice, est si charmant, si gai, qu'il me semble qu'à chaque instant,* il doit faire effort pour ne pas oublier qu'il est Edmond Rostand. » *N'avais-je pas raison ; le mot n'est-il pas extraordinaire ; plus extraordinaire même qu'il ne paraît tout d'abord ? S'il y avait « pour oublier qu'il est », cela représenterait la complaisance, la familiarité de la grandeur. Mais « pour ne pas oublier qu'il est », cela veut dire : ne pas sortir de son rôle. C'est magnifique, surtout dans le moment où l'on est en train de découvrir que Shakespeare, lui, a tellement oublié qu'il était Shakespeare, qu'il a omis d'en fournir des preuves suffisantes, et que, par suite, l'humanité demeure condamnée à ne pas savoir sur quel autel brûler son encens à la gloire du père d'Hamlet.*

Revenons au père de Cyrano.

L'important, pour les personnes (j'en vois au moins quatre, en dehors de la famille) qui ont institué et organisé, autour de Monsieur Rostand, cette forme de Culte du Lui, *et qui le fomentent, c'est de présenter chacun de ses actes, chacune des circonstances de sa vie, sous un angle qui en fasse jaillir une grâce ou une vertu, laquelle, pour tout autre, se contenterait d'être individuelle, mais qui, dans le cas particulier, devient immédiatement* nationale.

Passim : *Monsieur Rostand, dirons-nous, se rend comme tout le monde, à un dîner d'artistes ? Ce serait bien simple ; disons : consacre de sa présence cette réunion privilégiée. Or, on s'étonne de lui voir, non seulement garder son pardessus au delà de la minute du vestiaire, mais tenir soigneusement relevé, le col de ce vêtement d'extérieur. Nul n'ose objecter rien ; mais tout bas on s'étonne. Soudain, ô bonheur ! apparaît Monsieur Hervieu, paré de sa cravate de commandeur. Bonheur double, car cette apparition agit enfin sur le paletot récalcitrant du poéte, comme Phœbus sur le « balandras » du voyageur de La Fontaine. Aussi timide qu'inspiré, Monsieur Rostand se déboutonne (dirai-je : se déboulonne ?) et, à son tour, laisse voir, avec une charmante rougeur, le collier de moire empourprée, dont il souffrait d'offrir seul, à ses amis, le spectacle un peu accablant, mais qui stimule. Voilà pour la* modestie nationale.

Au patriotisme national, maintenant. *C'est un iour de Revue militaire. Les troupes rentrent. Derrière une fenêtre de la Porte-Saint-Martin, Monsieur Rostand s'efface* discrètement, *cela va de soi. Tout de même, son geste est « de la plus noble élégance » quand il salue le drapeau. « Mais ce que Monsieur*

Rostand ne vit pas, c'est que, même après le départ
du drapeau, quatre têtes restaient découvertes, ce qu'il
n'entendit pas, c'est le cri de quatre bouches lançant
un Vive Rostand ! » — Une minute après, un courriériste reçoit la visite de quatre étudiants qui viennent
lui dire : « Monsieur, nous avons eu, tout à l'heure,
une grande joie. Aujourd'hui est un beau jour pour
nous, puisque nous avons aperçu Monsieur Edmond
Rostand à une des fenêtres de la Porte Saint-Martin. »
— On serait un beau jour à moins. — « Nous au-
rions voulu l'acclamer de tout notre enthousiasme. Il
a, hélas ! quitté le balcon sans nous entendre, mais...
nous nous rattraperons, ce soir, en allant applaudir,
aussi fort que nous le pourrons, Cyrano de Bergerac. »

On comprend que quatre bouches qui ont à dire ça,
commandent à huit jambes qui s'élancent vers le courriériste.

Monsieur Rostand salue le drapeau, les étudiants
saluent Monsieur Rostand, tout cela est fort bien, fort
naturel, si naturel même qu'on pourrait peut-être s'en
tirer à moins de frais et de fracas. Et cependant...

« Savez-vous une idée affreuse qui me vient ? »

si par hasard, ces étudiants étaient les mêmes qui ont
jadis offert un banquet à Monsieur Francis de Croisset,

pour le féliciter d'être arrivé si vite ? Mais non, ce n'est pas possible ; les dates, quand il n'y aurait qu'elles, ne concordent pas : une telle jeunesse a passé fleur.

Au tour (des gens grossiers — ne soyons pas de ceux-là — diraient au coup) *au tour de la* popularité nationale *à présent. Cet homme est infatigable ; je ne vois que la Duchesse de Rohan qui ne lui cède point, et même qui l'emporte : elle fait, en même temps, le Nord et le Midi. Donc, l'infatigable Monsieur Rostand, accompagné de son fils « dont le visage rayonne d'orgueil filial »* — *gagez que, la prochaine fois, nous verrons, pour une apothéose imminente du jeune homme, le visage du papa rayonner d'orgueil paternel —* Monsieur Rostand *daigne visiter son bon peuple de Paris, et lui lire des vers qui, étant les siens, sont, au dire du commentateur, « les plus beaux qui se puissent entendre. » Evidemment.*

Une chose dont ce rapporteur ne semble pas revenir, c'est que Monsieur Rostand se montre « simple ». D'autres (il paraît le supposer) le feraient plus à la pose. En est-il bien sûr ? Une des formes de cette simplicité consiste, en effet, à faire, ou laisser vendre, dans les couloirs d'un lieu public, des cartes postales, sur lesquelles un portrait de l'auteur, en Académicien, s'accompagne de cette humble formule : « Tel jour, de tel mois, de telle

année, Edmond Rostand est venu à l'Université Popu-
laire, et devant des centaines de familles ouvrières,
unies dans le culte de la poésie, il a dit quelques unes
des plus belles pages de son œuvre. » Évidemment en-
core. On n'est pas plus violette.

A ceux qui seraient assez mal inspirés pour penser
le contraire, on répondra que ce sont les organisateurs
qui distribuaient cela, et, sans doute, l'avaient engen-
dré. Les organisateurs sont prolifiques et incorrigi-
bles ; ils ne vous font grâce ni du vieil ouvrier sympa-
thique, ni de la midinette émue, ni du loustic bon en-
fant, ni de la ménagère modèle, ni du ménage exem-
plaire, tout cela debout, haletant, cordial et enchanté,
non moins que si ça se passait chez Madame Brisson,
où vous ne tarderez pas à le revoir, soyez-en sûr. (1)

Un si généreux don de soi-même, mérite l'ovation.
Elle ne se fait pas excuser. Autrefois on aurait dételé
les chevaux ; il faut bien aujourd'hui se contenter de
gêner un chauffeur. De plus en plus simple, le poète
« que l'on veut voir de près », soulève son chapeau.
C'est, hélas ! fini.

Pas pour les mauvais plaisants, qui ne manque-
ront pas de voir, eux, dans cette nouvelle manifestation
de la simplicité, un nouvel aspect de la réclame, la ré-

---

(1) *Pas plus tard que le lendemain.*

clame à bon marché. Qu'importent les mauvais plaisants ? L'important n'est pas de leur plaire, mais de
se comporter comme on le juge bon, dans le sens
de ce qu'on croit être son intérêt, ou de ce qu'on donne
pour sa fantaisie.

Je connais, je possède, d'un des Quarante, et non
moins notable, un portrait dans le costume d'Hassan,
ou d'Adam, au dessous duquel il a lui-même écrit :
« Une académie d'Académicien. »

Et il ajouta, en me la donnant : « Ne la portez
pas Rue de Rivoli. »

Cette simplicité-là me paraît meilleur teint, et surtout plus gaie.

Quoi qu'il en soit, non moins que la modestie et
la simplicité de Monsieur Rostand, sa timidité me
fait l'effet d'un charmant « bateau », sur lequel nous
invite aujourd'hui à prendre place, un nouveau nautonnier de la gloire.

Quand je lis ces jolies choses, avec un plaisir, je
l'avoue, toujours renouvelé, je ne puis m'empêcher de
songer au vers de Musset :

« Ah ! que la pâleur est d'un bel usage ! »

Le procédé s'étend à toute la famille.
Un comédien se fait la tête du jeune Rostand

pour interpréter un rôle de naissant esthète. La presse prend de grands airs, roule de gros r et de gros yeux, la même presse qui trouvait excellente la charge de Fouquières par Monsieur Signoret. Fouquières ne me paraît pas destiné à inquiéter les ombres heureuses de Démosthène, ni même de Vestris ; tout au plus la sienne ébauchera-t-elle l'ombre du turkey-trot sur la prairie d'asphodèles ; mais c'est un bon garçon, consciencieux entrepreneur de son ridicule, qu'il exploite avec honnêteté. En quoi peut-on se permettre, à l'égard de son physique, ce qui devient sacrilège, quand il s'agit d'un membre, même jouvenceau, de la sacro-sainte famille Arnagréenne ?

Notez que nul ne s'avise de reprocher à l'auteur, d'avoir mis en scène, sous le nom de Corneau, un autre jeune poëtastre. Non, à chacun, et comme il convient, les droits de la caricature paraissent imprescriptibles ; exception faite, encore une fois, pour le groupe Cambo-dgien, dont le noli me tangere a de quoi surprendre.

Autre : les personnages les plus considérables rentrent à Paris sans tambour ni trompette, quelques uns même, incognito, désireux, heureux de cette cessation du photographe, du phonographe et du cinéma, sans oublier l'interview, à l'égard de leur personne et de leur vie. Il n'en saurait aller ainsi pour rien de ce *qui touche l'agrégat Rostand, dont il convient qu'une sorte de* joyeux avénement *soit, de temps à autre, célébré par la* bonne ville. *Lisez plutôt :* « *Madame Edmond Rostand et son fils sont arrivés à Paris. Cette nouvelle sera accueillie avec joie par leurs amis et leurs admirateurs qui sont, les uns et les autres,* innombrables. »

Montaigne affirme qu'il ne se rencontre pas plus *d'une* amitié, *en* trois *siècles. Alors ? Lequel a raison, lequel se trompe, de l'Auteur des* Essays, *ou de l'auteur de l'article ?*

Cette philosophie de l'agglomération, cette mise en avant du faisceau n'apparaît point, ici, comme une exception, *mais comme une* loi. *On a conté, là-dessus, entre autres, une chose amusante : c'était au moment des répétitions de* Chantecler ; *les caractères commençaient de s'accuser et faisaient prévoir certaines dissidences. Un jour, Guitry entre en scène, on s'apprête à l'écouter, il reste muet.* « *Pourquoi ne commencez-vous pas, Guitry ?* » *fait l'auteur. Alors le Grand Comédien de se tourner vers la loge familiale, pourtant déjà comble, et d'articuler sentencieusement :* « Il en manque un. »

A propos d'un ouvrage de Madame Rostand, la presse relate que l'auteuresse l'a conçu « *à l'occasion de la scarlatine de son fils.* » *Alceste gronderait :* « *La*

3

scarlatine ne fait rien à l'affaire. » C'est vrai. Mais pas moins vrai que ces petits détails domestiques font de l'effet aux Annales et agissent sur les groupes, pour ne pas dire sur les masses.

Et pour en revenir au tuba mirum spargens sonum, écoutez ceci : « En l'honneur de Madame Edmond Rostand. Ses admirateurs et ses amis célébreront son œuvre et sa personnalité. Les récitations de ses poésies délicieuses permettront d'applaudir l'illustre poète, elle-même, qui veut bien se rendre à cette manifestation d'art et d'amitié. »

Tout le monde sait que Madame Rostand fait de jolis vers. N'est-ce pas les traiter au-dessous de leur mérite que de leur infliger ce boniment et les accabler de cette fanfare ?

Entre le « maladroit ami » et le « sage ennemi » la preuve est, depuis longtemps, faite, en faveur de ce dernier. Lors des grands jours d'Hernani, quand retentit, pour la première fois, la fameuse apostrophe du « vieillard stupide ! » un monsieur trop sympathique et, sans doute un peu sourd, s'écria de confiance : « Vieil as de pique ! il l'appelle : vieil as de pique, vous entendez, que c'est beau !... » — Serait-ce le petit fils du même monsieur, qui, l'autre jour, dans certaine réunion, où quelques uns affirmaient leur prédilection pour tel ou tel vers de Chantecler, déclara

*préférer ce passage qu'il se mit à déclamer avec enthou-
siasme :*

« Mais quand l'astre du jour est d'humeur fanfaronne,
Quand il veut rester sourd à mon chant matinal,
Je brave son caprice et je fais un signal
Pour que vienne, à sa place, un « manchon La Couronne »,
Le plus beau, le plus riche et le plus éclatant,
Le plus économique et le plus résistant » ?

*On se regardait avec stupeur. Le récitant semblait
sincère, il avait lu cela, inscrit au dessous d'un coq,
sur l'affiche d'un appareil d'éclairage, dans une rue de
Bayonne, et croyait que c'était* une citation. *Il n'en
voulut pas démordre, insistant sur les trouvailles de
l'astre à « l'humeur fanfaronne », du caprice bravé,
de ce beau, riche et éclatant « manchon » qui se levait,
au-dessus de la colline, pour faire pendant à « l'abreuvoir syphoïde en fer galvanisé » que, celui-là, tout le
monde reconnut, ce qui enhardit l'admirateur fantaisiste et lui fit conclure audacieusement que c'était tant
pis pour l'ouvrage, si le morceau cité ne s'y trouvait pas.*

Ceci n'est que jovial.

*Par exemple, une chose qui ne me plaît pas, oh ! mais
pas du tout, ce sont ces histoires, sorties par les journaux, à propos du Centenaire de l'Abbé Delille, proclamé, en 1813, « poète national, le plus grand des*

inspirés, remarquable et audacieux novateur, auteur des plus beaux monuments de la Poésie Française, destiné à se voir mis, par la postérité la plus reculée, au rang de Corneille, Racine, La Fontaine et Molière. »

« *En attendant ces destins posthumes, mais assurés, il est déjà tenu pour le rival d'Homère, de Virgile et de Milton, préféré à Châteaubriand, payé six francs l'alexandrin, sans compter trente sols de boni pour Madame Delille, femme acariâtre, pratiqué, menaçante et intéressée, poussant à la confection d'ouvrages d'un art* mécanique, facile et charmant ».

« *Les libraires se disputaient, à prix d'or, tant de vers méprisés aujourd'hui. A les payer dix sous la syllabe, ils trouvaient encore leur compte. Vingt mille acheteurs se précipitaient sur la première édition de tant d'indiscutables chefs-d'œuvre. La simple lecture ne rassasiait pas leur enthousiasme.* »

« *Ornement, appui* (o et prœsidium et dulce decus !) *sa présence est une fête, ses paroles, des oracles, son intérêt, un bonheur. Sa poésie est édictée* la plus célèbre ; *ses productions sont déclarées* les plus brillantes ; *et le dithyrambe, auquel nulle hyperbole n'apparaît plus suffisante, le place enfin au dessus du dieu de la lumière et de celui des vents.*

« *O toi qui t'élevas par delà le tonnerre,*
          Du Soleil auguste rival,
   Comme lui tu brillas, en éclairant la terre ! »

Tout cela pour finir sur ce trait : « *Il n'y a pas de vraisemblance que la postérité proteste jamais contre l'inscription définitive de ce nom à l'obituaire des gloires usurpées.* »

Qu'est-ce que c'est que cette sinistre plaisanterie ?

Si j'avais le bonheur, ou le malheur (qui ne me visent ni l'un ni l'autre) d'être proclamé poète national, et, par suite, doté de pouvoirs officiels, je ferais interdire ces publications bizarres, qui me rappelleraient le cri poussé par un Pontife, au réveil d'un songe de justice : « *Quel rêve affreux je viens de faire !* »

Le Beau Cavalier *me fut cher, je veux dire : Gustave Jacquet. Il associait à la maîtrise de l'Art, l'élégance de la race. Puissé-je ajouter, d'une main qu'il aimait, à sa silhouette aristocratique et artiste, une plume pour le chapeau de ses reîtres, une fleur pour le corset de ses femmes !*

Le brave Meunier ne m'est pas moins ami, dans ce Moulin du Livre, où nous le regardons moudre, bluter et ensacher la farine de l'esprit, les recoupes des rêves.

                            R. M.

I

L'ARCHANGE D'OR

ou

L'ARCHER PERCÉ DE SES TRAITS

L'ARCHANGE D'OR

OU

L'ARCHER PERCÉ DE SES TRAITS

Il m'a toujours semblé voir une offense dans l'action de faire ressortir, lors de l'accomplissement d'un ouvrage d'art, un supplément de difficulté vaincue, lequel ajoute au mérite du résultat, ce qu'on appelle un *tour de force*.

Et pourtant, dans les circonstances qui nous occupent, l'offense ne serait-elle point, parlant aujourd'hui d'une nouvelle œuvre de Monsieur D'Annunzio, de ne pas le mentionner, ce tour de force auquel nous la devons, puisqu'il est, avant tout, à l'adresse de notre pays, un déploiement de grâce et de galanterie, non moins qu'à l'égard de notre passé religieux, un agenouillement d'une ferveur si noble, d'un élan si superbe, qu'il faut, pour lui trouver un équivalent, se tourner vers ce *Vœu de Louis Treize*, où nous voyons un de nos monarques tendre son sceptre et

3.

son bandeau à des souverains du Royaume des Cieux ?

Monsieur d'Annunzio a traité la France comme *le Juste* a traité la Madone ; il lui a tendu sa couronne et son sceptre, après s'être prosterné devant elle, sous son manteau fleuri des fleurs du lis rouge, ainsi que celui du prince apparaît constellé des fleurs du lis d'or. Le sceptre est fait de deux branches, l'une de *lilium,* l'autre, de rosier, de celles qui s'enroulent autour d'un groupe des romans du Maître. Une branche de grenadier s'y mélange, symbolique de son art. Le bandeau est une couronne de chefs-d'œuvre.

Donc, « au milieu du chemin de sa vie », comme l'a écrit un grand ancêtre de Gabriele d'Annunzio, l'auteur de *Laus Vitæ,* a pris le chemin de la France, comme autrefois son compatriote Léonard vint se retirer dans Amboise. Il n'est plus de François Ier pour jouer le rôle de royal voisin, auprès d'un tel exilé volontaire. Mais le sol reste hospitalier et reconnaissant à ceux qui lui tendent un pareil thyrse, un semblable diadème.

Aussi n'est-ce pas sans un douloureux étonnement que nous venons de voir un prince de nos prêtres repousser, avec rudesse et dureté, ce qui, dans cet élan, s'adressait, avec tant de ferveur, à nos cathédrales abandonnées.

Un journal (de ceux, bien entendu, que le poète honore de sa collaboration) fait ressortir qu'il suffit que le rôle du saint soit tenu par une danseuse pour que le spectacle apparaisse blasphématoire. N'est-ce pas bien vite dit ? Rien ne prouve, néanmoins — et cela fort heureusement — que, de la danse, considérée comme expression des émotions, une part ne puisse pas, ne doive pas être faite à la mimique, par un sujet respectueux, des phases d'un drame sacré ou d'une aventure divine. Marie, sœur d'Aaron, a dansé de joie, David a bondi devant l'Arche et nul n'ignore que, chaque année, à l'occasion des fêtes Pascales en Espagne, des adolescents, rejoints avec des guirlandes, témoignent, par leurs gracieuses et nobles cadences, leur allégresse de la résurrection et leur alléluia au pied leste.

Nous verrons tout à l'heure si Madame Ida Rubinstein, dans son interprétation du *Mystère de Saint Sébastien*, s'est éloignée de ces dignes traditions, ou, au contraire, a mérité, d'être rangée entre les prophétesses qui exultent des victoires pieuses, les rois qui ballent devant les insignes divins, et ces adolescents thuriféraires dont les

saltations rythmées unissent à l'extase des regards
et à la jonction des mains, des pas édifiants, des
poses mystiques et des prosternements qui élèvent.

Lorsque j'égrenais le rosaire des quatre-vingts
oraisons au cours desquelles j'ai fait prier tous les
acteurs du théâtre de la vie, avec tous leurs actes,
je n'ai eu garde d'omettre la *Prière de la Danse*.
Qu'on me permette de la citer :

La Danse, tour à tour rondes ou carmagnoles,
Mêle âpres cruautés et célestes douceurs,
Et l'Eglise, aux jours saints des Messes Espagnoles,
Au devant de l'autel fait baller des valseurs.

Mon rythme émeut l'enfant comme le patriarche ;
Mon geste est, à la fois, mystique et mal famé,
Car le pieux David a dansé devant l'Arche,
Mais le sang du Baptiste inonde Salomé.

Et rien de plus touchant ne nous revient par bribes
Que l'épitaphe antique où l'image parut
De ce Septentrion qui, jadis, dans Antibes,
Dansa, deux jours de suite, et sut plaire, et mourut.

Pour en revenir, avant de quitter ces générali-
tés, et d'analyser brièvement le Mystère de Saint-
Sébastien, à l'étrange susceptibilité archiépiscopale,
ce qu'il y a de plus étonnant en elle, n'est-ce pas

l'indulgence précédente à l'égard de l'opéra de
Strauss, représenté, concurremment à d'autres Sa-
lomés, sur d'autres scènes Parisiennes, et des
premières ? En quoi Saint-Jean, tiré demi-nu
hors de son cabanon, et inspirant, à la fille d'Hé-
rodiade, des sentiments si passionnés qu'elle demande sa mort, pour se venger de ses froideurs,
et finit par se livrer, devant le chef du précur-
seur, à des mouvements fort désordonnés, en
quoi cette interprétation de l'existence du compagnon d'enfance de Jésus même, et de son baptiste,
peut-elle sembler plus canonique à l'archevêché,
puisqu'il n'en prend point ombrage, que la *seule
mise en scène* (car le texte n'était point encore édité
— les auteurs l'ont fait observer fort justement)
d'un épisode chrétien qui a inspiré des milliers
d'objets d'art ? Cette duplicité dans les poids et
mesures ne semble pas pouvoir s'expliquer sans
de certaines cabales fomentées par des rivalités
mesquines et des compétitions sans grandeur.

On a prétendu imputer à l'auteur un grief de
sacrilège, du fait que son jeune et beau protago-
niste paraissait, lui aussi, inspirer, d'ailleurs bien
allusivement, une pire forme de coupable passion,
au prince qui le fait mourir pour sa résistance à
des volontés, du reste, toutes différentes. Je ne

sache pas que faire naître involontairement de cri-
minels désirs entraîne la moindre faute pour celui
qui les méprise, que les repousser ne soit pas précisément la vertu, et qu'en tirer l'occasion de
donner sa vie pour une cause sainte ne représente
point le martyre et, par suite, le plus haut degré
de perfection humaine. On peut en conclure
aujourd'hui, de sang-froid, que les feintes indi-
gnations, autour de tout cela, ne représentèrent,
elles, que des hypocrisies de salons, coutumiers
d'intrigues.

Gautier, quand on réclamait des feuilles de
vigne pour de certains marbres, affirmait qu'il
n'en voyait pas la nécessité, parce qu'il n'avait
pas l'habitude de regarder les statues à ces endroits-
là. On pourrait affirmer de même, tout d'abord,
me semble-t-il, que le haut clergé agirait plus
prudemment, pour ne pas dire pudiquement, en
ne regardant pas du côté des spectacles. Ce qu'il
y verrait, neuf fois sur dix, ne peut que lui faire
détourner la tête et se voiler la face. Or, tous
ces attentats à la pudeur le laissent indifférent. La
vertu serait-elle moins respectable que ceux qui la
pratiquent ?

En soi, le Théâtre Chrétien ne saurait être ré-
prouvé : Polyeucte en fait foi ; Parsifal met en

scène l'Eucharistie elle-même, la descente du
Saint-Esprit et la plus transparente adaptation des
scènes de la Passion. Non seulement la piété
éclairée (je ne parle pas des mômeries) n'a jamais
pu se scandaliser devant ce spectacle, mais une
indiscutable résultante d'édification émane du
théâtre Bayreuthien, lors de ces représentations
respectées. Dans Oberammergau, c'est la Passion
même qui se joue sans figures. Les acteurs doivent, il est vrai, se faire renouveler, tous les dix
ans, l'autorisation du Saint-Siège, qui ne la refuse
jamais.

Autres sont les autels, autres, les tréteaux ;
quand les seconds manquent de respect aux premiers, les spectateurs peuvent faire justice. Mais
c'est une différente et pire forme de malédification
que de voir de saints personnages (surtout si inop-
portunément) fulminer dans la direction des
planches, au lieu d'ordonner des processions et de
régler des offices.

Ceux et celles, organisés, dans Avila, en manière de réparation, lors des représentations du
drame de Catulle Mendès au Théâtre Sarah-
Bernhardt, nous parurent un peu fanatiques.
Mais il s'agissait d'un clergé exalté, assorti à ses
crucifix sanguinolents, à ses madones chamarrées ;

de telles interventions, moins dévotieuses que bel-
liqueuses, ne sont guère compatibles avec le pays
de la Vierge de Lourdes, lorsque, nu-pieds, la
rose à l'orteil et le ruban bleu sur le blanc linon,
elle s'élève au dessus du sol, dont elle effleure les
graminées.

On se souvient de la déclaration de l'auteur,
qui affirme ne pas écrire pour « les petites filles
dont on coupe le pain en tartines ». Disons, de
même, que ce « Mystère », ne s'adresse pas aux
dévotes de province, qui se confessent d'avoir
mangé un pruneau de trop, tout en persécutant
leur famille. Certains, pourtant, ni les moins religieux, ni les moins bien inspirés peut-être, ne
sont au contraire, pas loin d'imaginer un temps
où une telle œuvre s'emploierait à ressusciter la
foi demi-morte sous les coups des Pharisiens, et y
réussirait.

En attendant, si le résultat de ces manœuvres
était de montrer une nouvelle et, entre toutes,
déplaisante forme de l'inhospitalité et de l'ingra-
titude, envers un tel effort de tels maîtres et de
tels artistes, il suffirait, pour s'en consoler, de se
ressouvenir du premier accueil fait ici au *Tan-
nhœuser*, que, depuis, heureusement, l'on a dé-

dommagé au centuple ; et, sans aller plus loin, de *Carmen*.

Mais je m'aperçois que le *tour de force* accompli par Monsieur d'Annunzio, et dont je parlais au début de ces lignes, je n'ai fait que mentionner sa présence, je n'en ai pas donné le détail. Or, il consiste dans l'accomplissement, par un « magicien ès-lettres » italien, d'un ouvrage de longue haleine, cinq actes en français, en vers français, qui défient à la lutte les plus expérimentés de nos linguistes et les plus difficiles de nos rhéteurs. Pour mon compte, j'avoue, qu'initié de bonne heure aux beautés de ce manuscrit, je me suis souvent vu arrêté, dans sa lecture, par un terme qui, tantôt, ne m'était pas familier et, d'autres fois, m'était inconnu. C'est même à ce relatif excès de richesse que se peut reconnaître ce qu'il entre de gageure dans un tel accomplissement. Mais c'est un beau défaut, on en conviendra.

Ce que l'auteur appelle justement des didascalies, à savoir les descriptions de mise en scène, me paraît égal aux plus beaux passages de Flaubert dans la *Tentation de Saint-Antoine*.

Où l'art et, si vous préférez, l'artifice de l'écrivain s'est montré fort ingénieux, c'est dans le

choix de la forme reprise à nos vieux mystères,
laquelle lui permettait de supprimer la rime ou
de ne la faire reparaître qu'à de rares intervalles,
lorsque la situation plus accentuée, exigeait un
rythme plus précis, une plus flatteuse cadence. En
outre, l'octosyllabe, coupé irrégulièrement par des
vers de quatre pieds, en fin de période, se prêtait,
en même temps qu'à des récits tragiques, à des
descriptions familières, et à des interruptions po-
pulaires, alternant l'allure parfois volontairement
prosaïque, avec les sublimes élancements, dans
une sorte de mélopée cursive ensemble et appli-
quée, sans trop de rappel du nombre, plutôt chargé
d'organiser intérieurement le discours que de le
hérisser d'ornements fastueux, de trop visibles
décors et de trop sensibles harmonies.

Une chose encore charmante, c'est l'abdication
de son genre, non seulement consentie, mais re-
cherchée, (heureusement pour une fois) par un
maître des maîtres. Heureusement aussi, par places, et par places exquises, le génie de l'*imagini-*
fique, je le retrouve délicieusement.

> Ombres d'ailes sur ses mains pures !

s'écrie la voyante, au souvenir d'un passage d'oiseau sur le jardin où marchait Jésus. Et quelle

grâce pathétique, dans ce propos de la Mère Douloureuse qui voit ses filles se séparer d'elle « pâles
comme l'évanouissement des choses que nous tenions » !

★

Ces quelques réflexions faites, venons au *Mystère de Saint-Sébastien*.

Le prologue, charmant, d'un archaïsme voulu
et obtenu, apparaît tel qu'une offrande à la France,
sous couleur de vitrail. Il est débité par un personnage de tapisserie, accompagné de quatre hé-
rauts qui l'annoncent de leurs trompettes. On y
voit Monsieur Saint-Sébastien se dresser au centre,
et Madame Sainte-Geneviève, comme on disait au
Moyen Age. A leur dextre et à leur senestre, pour
parler comme eux, sont agenouillés le poète et le
musicien. Le premier, « l'artisan de ces cinq verrières » n'inscrit pas lui-même les caractères qui
le nomment, sur la matière transparente ; mais il
les laisse deviner avec beaucoup de délicatesse et
non moins de mélancolie.

> Or le nom
> De cet ouvrier pèlerin,
> De ce Florentin en exil
> Qui bégaye en langue d'oïl,

Est tellement dur qu'on l'enchâsse
Mal dans la résille de plomb,
Au bas du vitrail rouge et bleu.
Est-il, peut-être, plaise à Dieu,
Plus doux dans la langue du *si*,
Mais l'autre...

Et cet autre, le chanteur, se voit adresser, par son co-artisan, une déclaration si belle qu'il se doit, lui doit de la mettre en musique, avec cette couleur sonore qu'il a su ajouter aux poésies de Marot ressuscitées et renouvelées.

Puis la toile se lève sur une scène, à la fois solennelle et tumultueuse, de la Vie Antique, à l'heure où le Drame de la Passion, récemment accompli, pèse encore sur les esprits et sépare les âmes, fait mieux que des prosélytes, des choix soudains et irrésistibles, dans des groupes païens brusquement illuminés et prêts au martyre. Deux jeunes hommes, deux frères jumeaux, Marc et Marcellien, pour avoir confessé la Nouvelle Foi, sont liés sur deux colonnes, autour desquelles la foule, diversement inspirée, les exalte ou les injurie, en face du préfet chargé de les juger, de les supplicier, et qui temporise. Pour cela, le peuple aussi l'insulte, raille ses raffinements et ses vices, sa gourmandise qui le rend obèse et podagre, et la délicatesse qui lui fait peupler de lis géants le portique ou le drame se déroule. Sébastien, chef des archers de l'Empereur y assiste muet et ému. Il s'agit de reprendre les deux frères à leur erreur et, s'il se peut encore, d'obtenir qu'ils sacrifient, sur l'heure, devant l'autel même, déjà dressé, les victimes présentées ; faute de quoi, le supplice immédiat, les charbons qui déjà crépitent sous l'action des soufflets énormes.

Or, les condamnés, au lieu de fléchir, ne font que s'encourager dans leur vaillante et pieuse résistance ; la tourbe hurle et hue ; le préfet interroge ; son fils Vital, compagnon d'âge et de jeux des deux gémeaux, cherche à les persuader, vainement.

Soudain, de la main gauche de Sébastien, debout et appuyé sur son arc, dans une attention extasiée, dégoutte un filet de sang, sorte de stigmate qui le marque déjà pour la divine frénésie. On s'empresse autour de lui, ses archers l'entourent ; une femme voilée et mystérieuse, sortie des rangs du peuple, touche sa plaie, comme pour le panser ; il garde le silence.

Alors, une lamentation résonne, celle de la Mère Douloureuse, accourue sur le lieu même du

supplice, pour reprendre aux tortures ses fils ché-
ris, les adjurer de revenir aux dieux de leur enfance, de leurs foyers « où leurs fidèles chiens les
appellent en gémissant, dans les coins de la chambre peinte et tournent, vers les parents demeurés
seuls, leurs prunelles pâles comme la fumée » (1).

Surviennent, « pareilles aux cinq doigts de la
main qui porte la rose », les cinq jeunes sœurs
des suppliciés, qu'elles implorent à leur tour, au
nom des divinités et au nom des offrandes, qu'elles
présentent et qu'elles célèbrent, en des rondels
d'une séduction exquise, où l'Antiquité revit dans
sa grâce et dans sa grandeur. Des jeunes gens
succèdent à ces suppliantes ; ce sont les amis des
jumeaux ; ceux-là implorent au nom des plaisirs,
au nom des bonheurs, au nom des ivresses et au
nom des gloires.

Au rappel de ces choses, qui monte vers eux
dans des voix reconnues et aimées, le courage des
frères semble fléchir.

Mais, à la stupeur des assistants, Sébastien,
comme frappé d'une illumination subite, que tous
prennent pour une soudaine démence, ranime,
par une sommation ensemble impérieuse et douce,

(1) Transposition de l'original.

la foi des deux héros chrétiens qui la confessent avec fermeté. La foule s'insurge et se déchaîne, la mère se lamente, puis brusquement, touchée elle-même de la grâce, vient se placer auprès de ses fils et, à son tour, confesse leur foi. Et, successivement, dans le tumulte, sans cesse grandissant, sous le jour qui baisse, ne laissant plus rayonner que les étoiles des lis mystérieux, grâce à l'influence persuasive de l'archer devenu divin, avec l'approbation des voix célestes, les cinq sœurs de Marc et de Marcellien, les cinq doigts qui portent la rose, Epione, Flavie, Junie, Télésille et Chrysille, viennent se ranger aux côtés de leur mère, entraînant Théodote, leur père aveugle ; et cet entre-colonnement que la matrone douloureuse s'affligeait de ne pouvoir remplir avec l'élargissement de ses bras, se trouve peuplé de ce groupe en deuil, chantant la gloire de Celui pour lequel il va mourir.

Sébastien souhaite d'obtenir un signe surnaturel de sa mission divine : il lance au ciel une de ses flèches qui se perd dans la nue, et sans retomber. Alors deux miracles ont lieu, dans la foule, et pour satisfaire à la vindicte de celle-ci, l'archer chrétien marche le premier vers la braise rougeoyante. Mais le prodige de Coré, Dathan et

Abiron, les trois enfants dans la fournaise, se renouvelle pour lui : le feu refuse de brûler sa chair
sacrée ; il est au bord des tisons comme à la
lisière d'une prairie ; il chante en dansant :

> J'ai les pieds nus dans la rosée,
> J'ai les pieds sur le blé qui pousse,
> Je bondis comme l'eau des sources !
> Je danse sur l'ardeur des lis,
> Je foule la blancheur des lis,
> Je presse la douceur des lis !

Et, à ce moment, dans la nuit tombante, qui
n'est plus éclairée que par les constellations des
fleurs, les gerbes de celles-ci se détachent et s'en-
tr'ouvrent, pour donner passage à sept envoyés de
la Milice Céleste, qui s'unissent à la glorification
du Seigneur.

Ce premier acte est si beau, si complet, si plein,
qu'il compose, à lui seul, tout un spectacle, un
drame entier, dont il ne serait aucunement impossible de le représenter séparément, si les auteurs s'y prêtaient. Une telle forme de concentra-
tion, de condensation en même temps que de sus-
pension, pourrait bien être du goût de ceux qui
ont vite fait de parler de longueurs, quand il s'agit
de choses qui dépassent leur attention, et la veulent profonde. Sans avoir pensé comme eux, j'ai

d'abord donné ma préférence à ces premières scènes. Aujourd'hui, je n'ai pas cessé de les admirer
pleinement : mais je leur préfère encore le second
acte.

C'est dans un magnifique retrait de la demeure
d'Andronique le préfet, qu'il se déroule. Sept
femmes, sept magiciennes aux noms mystérieux
et harmonieux, Phœnisse, Ilah, Hassub, Jardane,
Atreneste, Pheroras et Hyale, gardiennes des
sept planètes, sont penchées sur leurs creusets, et
les observent, chacune d'elles éclairée par la couleur qui est celle de son astre.

Des nouveautés les surprennent, dans leurs di-
vinations et leurs horoscopes : des signes, des
annonciations, qu'elles n'entendent pas et qui les
épouvantent ; chacune d'elles, une fois ses augures
proférés, semble s'évanouir au pied de la stèle à
laquelle on la voit liée. Une vaste porte de bronze
sert de fond à cette scène de magie.

Des cris retentissent, et le Saint, que suivent
des compagnons zélés, des amis anxieux, s'irrue
hors d'un passage. L'énorme marteau qu'il tient à
la main vient de briser toutes les idoles enfermées
dans le palais du préfet Andronique. Celui-ci a
consenti à ce massacre, dans le dessein d'obtenir sa
guérison, que lui font espérer celles dont il fut

4

témoin. Mais, dans sa résignation à la mort de ses
dieux et à l'extinction de leurs sortilèges, il a fait
exception pour la Chambre Magique dont les merveilles se dissimulent derrière les vantaux de métal. Sébastien somme les gardiennes de les lui
ouvrir. Elles résistent, et c'est l'âme du Paganisme
que l'on entend chanter, derrière la porte monu-
mentale, dans la voix d'Erigone, vierge du ciel
païen.

Des envoyés du mourant viennent supplier le
Saint d'accomplir sa promesse. Pas de guérison
possible pour le trompeur, qui s'obstine dans ses
fraudes et dans ses ruses !

Des malades et des esclaves, ceux-là non moins
confiants, mais plus sincères, font, à leur tour, irru-
ption par des couloirs et des galeries. Puisqu'on
vient de tuer leurs divinités qui, jusqu'à ce jour,
à l'imitation des hommes, n'ont rien accompli pour
eux, ils en demandent une autre. Que ce soit le
Dieu de Sébastien, celui qui, sous leurs regards,
vient de guérir deux infirmes, Alcé, la muette, et
Cordule, l'aveugle. Mais pourquoi l'a-t'il fait sans
se montrer ? Eux ne savent prier que ce qu'ils
voient. Certes, ils veulent être guéris, comme la
femme de Venuste et la femme d'Attale ; mais si
ce doit être encore sans voir leur guérisseur, que

l'on montre du moins un signe de son passé, une preuve de son passage ; les récits ne leur suffisent pas, fussent les plus émouvants de ceux qu'on leur prodigue, fût-ce la résurrection même de Lazare. Alors une femme apparaît, plutôt reparaît, celle qu'on a vue s'approcher de Sébastien, pour étancher le sang de sa miraculeuse blessure. C'est une créature énigmatique, sorte de Madeleine ressuscitée ou de Catherine Emmerich préconçue : on la nomme la *fille malade des fièvres* ; nul ne sait d'où lui vient ce mal qui la consume et dont elle se plaît à mourir. Peu à peu, sur les instances impérieuses du Saint, ce secret, elle le confesse. Errante, au pied de la croix, dans la nuit suprême, elle a trouvé le linceul de Jésus. Un esprit funèbre, un ange exilé qui veillait sur la relique, la lui a confiée et, depuis, elle ne peut ni mourir, ni vivre, dévorée, consumée par le faix surhumain qui la purifie et la mortifie.

Et lentement, dans la nuit tombée, les yeux émerveillés et hagards des assistants voient la Sainte et le Saint dérouler le Sindon sacré, sur lequel demeurent imprégnés les vestiges lumineux du Sauveur. Tous deux, dans un chant alterné, psalmodient l'hymne douloureux du Golgotha. Mais une voix s'élève à nouveau, du fond de la

Chambre Magique, derrière le portail de bronze.
Or, cette voix n'est plus celle de la vierge Erigone, c'est la voix de la Vierge Marie. Elle console, avec ces suaves accents, ceux qui pleurent
la grande agonie.

Qui pleure mon enfant si doux,
Mon lis fleuri dans la chair pure ?
Il est tout clair, sur mes genoux,
Il est sans tache et sans blessure.
Voyez et, dans ma chevelure,
Tous les astres louent sa clarté,
Il éclaire de sa figure
Ma tristesse et la nuit d'été.

La porte de bronze s'ouvre alors toute seule ;
au lieu des impures merveilles qu'elle semblait
devoir abriter, et qui se sont évanouies d'elles-
mêmes, sous l'action de la piété du Saint, on voit
les pieds nus de la Madone rayonner sur le crois-
sant de la lune.

Et, par un impressionnant hasard, que peu, sans
doute, ont remarqué, l'ombre des bras de Sébastien, nettement projetée sur le sol, dessine la
Croix du Calvaire.

Le troisième acte nous introduit dans une salle
du palais de l'Empereur, assis lui-même sur un

trône, dans tout l'appareil de sa majesté et la so-
lennité de sa justice. Des citharèdes l'entourent
avec leurs instruments et chantent ses louanges,
que redit une Cour bigarrée, en présence de cette
autre Cour, celle-là muette, que représente un
peuple de dieux sculptés et peints, groupés dans
la salle.

Le prince feint de tenir pour l'erreur d'un moment, pour une folie de jeunesse, la conduite
rapportée de l'Archer fautif, debout, devant lui,
dans l'attitude du défi et de la résistance. Mais
l'Auguste, ayant donné aux musiciens l'ordre
d'entonner l'hymne d'Apollon, Sébastien leur
cloue le chant dans la gorge et entonne, lui, la
louange du Dieu vrai.

César patiente encore, il met la cithare aux
mains mêmes du rebelle, et lui enjoint de célébrer
le chantre de Sminthe. L'Archer rompt, d'un seul
coup, les sept cordes de l'instrument ; puis, dans
une mimique passionnée, inspirée, idéale et réelle,
il rappelle, avec des gestes d'angoisse et de dévo-
tion, les tourments de Celui pour lequel il veut
souffrir.

Incapable de se contenir davantage et de sur-
seoir plus longtemps, le souverain ordonne la
mort du révolté ; mais, pour épargner tant de

4.

juvénile attrait, il ne veut pas que cette mort soit celle qui défigure ; non, plutôt une fin semblable à celle de la perfide Démonice qui, ayant livré Ephèse à Brennus, contre tous les joyaux dont il s'emparerait dans la ville assiégée, se voit, pour la récompense de sa traîtrise, écrasée sous les bijoux et sous les couronnes.

Et le Saint, étendu, extatique, sur la lyre dont il a étouffé la voix, se sent lui-même étouffé sous les gemmes et sous les roses.

Au quatrième acte, nous sommes dans le bois sacré, sorte de *lucus* fait de lauriers aux feuilles en fers de lances. L'Empereur a donné l'ordre de fixer sur l'un d'eux le chef des archers, miraculeusement sauvé par ses amis, du trépas gemmé et fleuri. Ceux-ci, qui entourent Sébastien attaché à l'arbre, veulent continuer leur œuvre de salut, desserrer les cordes, reprendre le jeune homme à l'immolation commandée et l'emmener, avec eux, vers un rivage hospitalier où sa vie sera sauve. Mais la sainte victime le leur défend, elle veut mourir , pour renaître ; elle les exhorte à la frapper, par amour ; et cette scène déchirante se déroule dans les hautaines, les tendres supplications du martyr, et l'obéissant désespoir de ceux qui

se mettent à viser leur chef, leur ami, pour l'ai-
der à réaliser son destin en se sacrifiant à sa foi.
Au cours de ces minutes sublimes et poignantes,
une rapide apparition du Bon Pasteur, portant,
sur ses épaules, l'agneau symbolique, passe au
fond de la scène et apprend au mourant, qui
donne pour lui sa jeunesse, que son sacrifice est
agréé. Et quand nous le voyons accompli, quand
le corps du beau et noble jeune homme se penche
en se fanant, comme un lis de chair, dont la tige
s'élevait contre celle de l'arbre, et s'incorporait à
l'écorce, de pieuses femmes accourues, servantes
d'un culte désormais sans dieu, assistent, avec des
sanglots et des chants, les archers désespérés qui
délient leur frère, en se tordant les mains, et en
se frappant le front.

Mais une nouvelle preuve de la bonne odeur
d'une telle offrande vient les consoler de son miracle : les flèches sont restées dans l'arbre ; et le
corps du martyr demeure intact et inviolé, comme
son âme s'élève, pure.

Et le cinquième acte, qui n'est qu'une apothéose de quelques instants, c'est la montée de
cette âme, à travers les espaces célestes, parmi le
chant des milices ardentes qui portent les palmes,
tendent les couronnes et glorifient, dans les siècles

des siècles, ceux qui préfèrent la Mort, à la Vie, et aux passagères félicités d'un moment, les délices interminables.

Dire ce que l'écrivain a brodé de merveilles savantes et artistes, d'imaginations ingénieuses, de pieux ornements, repris au mystère médiéval et au missel gothique, sur la trame forcément, hélas ! réduite à ce réseau sec, par notre compte rendu hâtif, cela est aussi impossible que de faire passer, par le trou de l'aiguille qui broda ces flores, un troupeau nombreux, houleux et ordonné, docile mais tumultuaire. C'est, aux yeux, de s'émerveiller, aux oreilles, d'entendre, aux cœurs, de s'émouvoir, tout du long de cette représentation inouïe.

J'ai essayé de faire ressortir, bien cursivement, par suite, bien incomplètement, je le sais, au cours des pages qui précèdent, quelques-unes des beautés du poème. Aussi bien cet écrit rapide souhaite-t'il représenter, avant tout, un hommage fervent au génie d'un maître, dont les bienfaits d'art m'ont toujours paru tenir de ceux d'Auguste, et qui, nous en ayant comblé, nous en accable.

J'aurais donc désiré, ainsi que je m'y suis
appliqué, dans ma conférence sur le dernier roman du même auteur, m'attacher, après avoir
résumé l'ensemble, aux détails de l'exécution cise-
lée et hardie. Le cadre de cet article ne l'admet
pas. Je me contenterai donc d'ajouter à ce que j'ai
dit déjà, sur le texte de cet admirable ouvrage,
ce que m'en inspirèrent les quelques réflexions
qu'il me faut faire maintenant sur la *musique*, la
chorégraphie, la *décoration* et l'*interprétation*, qui
forment, avec le poème, cette quintuple unité,
cette pentalogie merveilleuse.

Sur ce point de la musique, je ne puis avoir
que des impressions, je les donne telles que je les
éprouve. Jamais je n'ai tant regretté de n'être pas
grand clerc, en ce qui concerne l'art de Palestrina,
pour pouvoir en parler aujourd'hui avec autorité.
Ce qui me console et me rassure, c'est que de
nobles compositeurs à qui je disais, un jour, mon
chagrin de ne faire que ressentir ce qu'ils discer-
naient, m'ont répondu que, devant une œuvre
supérieure, ils oubliaient leurs jugements pour
s'abandonner à leurs sensations. Après tout, non
seulement tous les spectateurs ne sont pas musiciens, mais c'est même le moins grand nombre, et
Wagner se vantait de travailler aussi pour ceux

qui n'ont d'oreilles, que celles de la bonne volonté.

Ce qui m'est le plus accessible, entre les caractères et les mérites de la musique du Saint-Sébastien, c'est *l'appropriation*, qui m'a paru excellente,
et même parfaite, sur tous les points de ce mystère, où Euterpe et Sainte-Cécile ont fait vibrer
leur unisson. Je sais que l'*excellence* et la *perfection*, cela semble peu, dans un temps où l'éloge a
perdu l'équilibre; mais, pour ceux qui ne s'y mé-
prennent pas, c'est tout de même quelque chose
encore. Donc, à toutes les places où il murmure,
résonne ou retentit, cet unisson fraternel, nous
l'entendons réaliser la mission, dont j'imagine
qu'il se l'est donnée, avec une compréhension et
un tact, lesquels ne sont plus guère de mise ; et
cette mission, c'est de préparer, de souligner, de
commenter, en renforçant, en adoucissant, puis
de conclure, plutôt que de submerger, comme
d'autres auraient fait, l'intention de l'auteur et
l'interprétation du personnage.

Donc, cette musique, dans les préludes, elle
dispose à écouter et à s'émouvoir, elle confesse,
elle proteste avec les gémeaux, elle crépite avec
les bûchers et, dans le simulacre respectueux de
la montée du Calvaire, elle veut que le roseau

qui gémit sur un lac de sang, se souvienne d'a-
voir soupiré sur un lac de songe. Les buccins
prouvent que le cuivre peut s'attendrir et que le
clairon du jugement aura des clémences. Les cordes des cithares sont les rayons sonores du soleil
qu'elles chantent. Enfin, quand les lamentations
des femmes de Byblos, désireuses de prêter leurs
voix aux funérailles héroïques dont le sens leur
échappe, chantent les hymnes qu'elles savent dire,
pleurent les larmes qu'elles savent verser, leurs
mélodies désaffectées s'égrènent comme les gouttes
d'une eau incommunicable, qui fut lustrale, mais
ne saurait se faire bénite, et qui refuse de se prêter
aux onctions des huiles saintes.

Pour ce qui est de la partie chorégraphique,
Monsieur Fokine a réglé ses danses, disons plutôt
ses poses religieuses, avec autant de respect que
d'art. De cela, il faut le louer, « sur le tympanon
et sur l'orgue ». Le péril était grand, je l'avais
redouté pour une œuvre qui me fut chère, même
avant qu'elle fût née. Aucun spectateur *de bonne
foi* ne peut nier ce que j'avance, et que j'ai recueilli à plusieurs reprises, de l'aveu de ceux qui
étaient venus incrédules.

La *décoration* maintenant.

Monsieur Bakst est un grand artiste et un véritable maître. Jamais il n'en a donné de meilleure, de plus difficile preuve que dans ce qu'il vient d'accomplir. Déjà, dans *Cléopatre* et dans *Shéhérazade*, il nous avait fait voir la lumière de l'Égypte et celle des Nuits Arabes ; cette fois, il a réalisé plus encore, il nous a fait voir *la transparence*. Ne l'oublions pas, l'auteur de l'ouvrage, en parlant de soi, s'est dénommé : « l'artisan de ces cinq verrières. » Celui auquel il avait eu la supérieure inspiration d'en confier le coloriage et l'ambiance, devait donc, sous peine de faillir à sa tâche, faire jouer le soleil, non pas entre les portants, mais à travers eux, derrière les accessoires et les costumes mêmes. Dire qu'il y a réussi, c'est dire qu'il est, à son tour magicien, autant qu'Atreneste et Phœnisse, et bien davantage, puisqu'elles sont vaincues et qu'il triomphe.

Dans les demi-ténèbres de nos cathédrales, il a prolongé des stations clairvoyantes et patientes, il a regardé comment le soleil se comporte en jouant parmi les émeraudes du verre, ses saphirs et ses rubis, ses topazes, ses améthystes ; et tous ces tons dans lesquels séjourne l'âme de la lumière, il les a répétés vivants, vibrants, sur des murailles et sur des étoffes. Jusqu'aux cernures grisâtres, jusqu'aux traits résolument durs, qui séparent ces tons ou

les strient, nous apparaissent destinés à donner
l'illusion d'une fenêtre de sanctuaire et y parvien-
nent. Il en résulte que, durant ces actes, nous avons
devant les yeux, des vitraux mouvants, dont les
personnages, comme ceux de telles rosaces, mêlent
des assistants en costumes du siécle de Fouquet et
en parures de l'époque d'Auguste. Le premier et
le troisième acte sont les plus frappants dans ce
genre, et c'est peut-être bien ce dernier qui l'emporte avec ses noirs abondants, ses plafonds d'ou-
tre-mer, entre lesquels se découpe un carré de
nature, où se dresse un cyprès qui domine la scène, et, lui encore, troue la nue de sa lance, comme
la flèche de Sébastien a transpercé le cœur du
Ciel.

Et pourtant, le plus beau de ces fonds est, sans
doute, celui du quatrième acte, parmi lequel

> Le soleil s'est noyé dans son sang qui se fige,

lorsque ce sang, mêlé à celui de « l'archer certain
du but » a coloré le bois des lauriers, qui, eux
aussi, ont leur sueur vermeille. Et quand, sur
tout cela, parmi le finale, une gloire est descendue
qui inscrit, dans le cadre du paysage, le segment
d'un immense ostensoir d'or, il semble que les
cordes de la cithare, rompues par le Saint, se

5

soient multipliées et tendues entre les rameaux sacrés, pour en faire une harpe immense et divine, derrière laquelle chaque tronc d'arbre imposant et droit, fait s'étager comme un buffet d'orgue.

L'interprétation, enfin.

. L'auteur, nous le savons, rêvait à ce Mystère, depuis des années ; une chose l'empêchait de le produire, l'impossibilité de trouver un interprète capable d'en incarner le personnage principal. Hugo affirmait qu'une des raisons qu'il avait de croire à l'immortalité de l'âme, c'est qu'il mourrait, avec des plans, et que des plans de Victor Hugo ne pouvaient point ne pas se réaliser. J'aime cette parole orgueilleuse. Ne pourrait-on pas énoncer, de même, qu'un projet d'art de d'Annunzio ne saurait guère ne pas s'accomplir ? Je ne dirai pas l'interprète souhaité, je dirai l'interprète *inimaginable* surgit, à point nommé, hors du vitrail des jours, pour la réalisation de l'œuvre belle, comme dirait le Maître.

Madame Ida Rubinstein, on ne saurait écrire s'est surpassée, parce que cela est impossible, sur le terrain de la plastique et de la mimique. Le savent bien, ceux qui l'ont admirée, dans ses créations de *Cléopâtre* et de *Shéhérazade* et plus encore, dans cette danse de *Salomé* que rien n'égale, et

devant laquelle je me suis extasié trente soirs de
suite, puisque, trente soirs de suite, elle fut donnée ;
à cette époque, j'ai publié, une Étude étendue sur
cette réalisation d'art (1). Mais l'artiste a, cette fois,
ajouté, à ce dont on savait déjà que nulle ne devait s'y
mesurer après elle, je le répète, elle a ajouté la parole,
la diction, dans une langue qui n'est pas la sienne,
toute la phonétique, la longue récitation d'un rôle
écrasant. Je dirai, tout à l'heure, comment, selon
moi, elle y a réussi. Ce que je veux, d'abord, c'est
crier mon admiration, pour ce qu'elle a extériorisé
du saint personnage, dont elle avait assumé l'étonnante, la terrible responsabilité de figurer la beauté
profane et la surhumaine mysticité. Disons tout de
suite qu'elle y a excellé, non seulement sans porter
ombrage à la plus juste des exigences d'un auditeur scrupuleux, mais en augmentant l'édification
de celui-ci, par son respect de la tradition et sa
compréhension du mystère.

J'ai vu beaucoup de choses, beaucoup de belles
choses, je n'en ai vu aucune qui se puisse comparer en beauté, selon moi, à ce qu'une telle créatrice offre pour nos regards, durant tout le premier
acte, et la plus grande partie du troisième. Au

(1) *La Danse des Sept Voiles*, dans mes « Têtes d'Expression ».

premier, c'est comme je l'appelle, *l'Archange d'Or*, qui donne son nom à cet article, comme un Michel damasquiné, avec, sous le petit casque, rattaché, par une mentonnière de pierres, le visage d'ivoire aux yeux gemmés, qui lit jusque dans les cœurs ; et ces côtés de cheveux qui sont, selon l'expression même du poète, comme « les grappes de la douleur ». Au second, c'est un Paolo Florentin, curieusement échappé d'un tableau d'Ingres, dont c'est la récompense d'avoir prévu ce modèle inouï, en étirant le col de son page, au delà de ce qui aurait paru être les proportions du possible.

Qui saurait oublier, de ceux qui l'ont vu à travers leurs larmes, l'adolescent chaste lié au tronc du laurier, vêtu des cordes qui l'enserrent, hors desquelles surgit, seule, l'épaule émaciée ? Les figures similaires que, de tout temps, l'art des peintres essaya de faire vivre, cette étrangère les a pour jamais fixées. Ses attitudes nous ont enfin rendu ce que nos pères nous ont conté de Rachel ; qu'elle en soit bénie ! Je ne crains pas que, sur ce point, nul ne me contredise, j'entends nul de ceux dont l'appréciation a de l'importance. Quant à la partie parlée du rôle je ne doute pas que, sur ce propos, je ne rencontre des réfractaires ;

je leur demande seulement de ne pas me faire dire ce que je ne dirai pas, que je veux essayer de faire entendre par une comparaison.

J'écoutais, un jour, une jeune fille de grand mérite réciter d'admirables vers qui étaient d'elle ; il me sembla que, mieux présentées, ces strophes sembleraient plus belles encore, et, naïvement, je l'avoue, j'essayai de leur rendre ce service. Mon excuse réside en ceci : je m'empressai de comprendre que ce qui m'avait semblé une imperfection n'était qu'une grâce de plus. Je dirai de même que cette interprétation du rôle de Sébastien, je ne voudrais pas la voir dépouillée de ces *imperfections géniales*, de cette « absence de métier » dont une femme d'esprit, que j'avais l'honneur d'accompagner à ce spectacle, se félicitait d'entendre les accents convaincus, les émouvantes hardiesses.

C'est une chose banale de dire, d'un rôle, que le comédien l'*a vécu*. Néanmoins, souvenons-nous à temps du conseil de Baudelaire : « Beauté de lieu commun. » Aussi bien, jamais cette expression de *vécu* ne fut plus méritée. Quand le Saint a parlé, a crié, ce dut être ainsi, avec ces accents singuliers, toujours nets, métalliques parfois, comme l'armure de celui qui les profère, puis devenus si graves, toujours éloquents, mais

si doux, lorsque, cette cuirasse, il l'a échangée
contre cette autre cuirasse de cordage, qui appelle
et défie les traits des amis qui immolent.

Oh ! cette scène unique dans l'histoire de l'art
et du monde, avec ces paroles infinies :

> Il faut que chacun
> Tue son amour pour qu'il revive
> Sept fois plus ardent ;

avec dans le crépuscule violet, les archers bleus,
obéissants et désespérés, artisans de la volonté céleste, sanglotant sur leurs arcs détendus, desquels
la corde a lancé les flèches, qui devaient enfanter
au divin, le mortel avide de mourir !

Un autre cercle, je vois un autre cercle tourner
en silence, dans l'oratoire païen, subitement devenu mystique. Ce cercle, il porte toutes les images du héros chrétien, pour la millième fois re-
cloué, sur son arbre lumineux, avec ses blessures.

Ce sont les *Sébastien* du Pérugin, de Reni et de
Ribera, de Carrache, de Memling, de Bonvicino,
de Buffamalco, de Bazzi, de Luini, de Viti, de
Mansueti, de Botticelli, de Bonsignori, de Basaïti,

de del Garbo, d'Antonello de Messine, de Meresi, de Credi, de Dürer, de Mantegna, de Shongauer, de Grunwald, de Rubens, de Van Dyck, de Cima di Conegliano, de Baltraffio, d'Ortolano, de Pollajuolo, de Corrège ; et plus près de nous, de Corot et d'Henner. Du seuil des musées de Paris, de Marseille et de Nantes, de Pétersbourg, de Rome, de Florence, de Lugano, de Milan, de Venise, de Berlin, de Francfort, de Dresde, de Vienne, de Colmar, de Londres, de Bruxelles, d'Anvers ; du Louvre, des Offices, des *Pitti*, des Tribunes, des Pinacothèques, tordus, tournés, dressés nus vers le ciel, dont ils ont envie, hérissés de leurs flèches, rendus, par elles, pareils à ce « hérisson sauvage » auquel les compare le Poète, éternellement, aux traits qui les mirent, ils répètent : « Encore ! encore ! »

A ces frères des cymaises, des parvis et des parois, s'ajoute aujourd'hui, non moins rayonnant, un frère nouveau, né en terre Franche, d'un Italien et d'une Muse Française. Ce frère, il porte les traits sublimes et pâles d'une Étrangère de génie, qui, pour sa guise et sa bienvenue en nos murs, lui a prodigué son âme, ses biens et ses jours. Le remerciement et la récompense que, seuls, elle a souhaités pour cela, elle les a obtenus : l'enthou-

siasme et l'applaudissement de ceux dont le jugement compte.

A sa droite et à sa gauche, agenouillés dans
l'attitude des donateurs de la Confrérie, d'Annunzio
et Debussy tiennent, l'un, une lyre, l'autre, un
archet, un archet qui est un arc, et dont les flèches, cette fois, « certaines du but », se sont
plantées, pour n'en ressortir jamais, au cœur des
astres et au fond des cœurs (1).

---

(1) Je me félicite, même je me vante d'avoir écrit et publié cette
apologie (dans *Le Théâtre* de feu mon ami regretté, Michel
Manzi) lors des représentations, peu fêtées, de Saint Sébastien, à
une date où c'était, sans doute, moins facile qu'on ne le jugerait
aujourd'hui, puisque personne autre ne l'a fait, alors.

C'est, sans doute, ce qui m'a incité, depuis, à rédiger, lors du
triomphe du poète, sur un autre terrain, cette réflexion mélancolique : « Je n'aime pas les triomphateurs ; ils sont séparés de nous
par toutes les personnes qui les négligeaient, aux heures où nous
nous tenions auprès d'eux, pour les consoler de leur abandon. »

Il est advenu, d'ailleurs glorieusement et magnifiquement, à
Monsieur d'Annunzio, ce qui était arrivé à sa compatriote *la Jo-
conde*, laquelle s'est trouvée devoir à des circonstances étrangères,
d'apparaître enfin « célèbre », aux yeux de ceux que ne pouvaient
atteindre, tout seuls, son art fascinant et son irritante énigme.

II

L'OMBRE DES FLÈCHES

L'OMBRE DES FLÈCHES

Les « *Saint Sébastien* » du Pérugin sont au nombre de quatre ; celui du Louvre, le plus beau de tous : au centre d'une arcade décorée, il mire le Ciel, de flèches plus sûres que celles dont on l'a lui-même percé, des flèches d'espérance, des traits de regards. Celui de Rome est à peu près pareil, moins expressif, plus étudié. Celui de Grenoble est une figure de calme ; il a, pour pendant, une Sainte Apolline. Celui de la collection Wantage représente une figure d'espoir ; il est percé de trois flèches.

Pour traiter ce sujet véhément, Le Guide est trop dénué d'âme. Je sais, de lui, deux Sébastien : l'un, théâtral, sans intérêt, tête d'expression de la douleur académique ; l'autre, à Madrid, dans le soleil couché, paraît plus ému, mais toujours avec convention et non sans pompe.

Un Ribera, de Pétersbourg, nous montre le Saint, détaché de l'arbre, avec les veuves qui le pansent, ces veuves traditionnelles dont Monsieur d'Annunzio, dans le spectacle qui m'inspire cette récapitulation, a fait ses « couveuses de cendres ».

Notre Louvre se montre propice à notre martyr : j'y compte, de lui, trois effigies. La première est de Carrache, elle exprime une douleur peu résignée, que souligne l'élévation de deux bras implorants. La deuxième est de Memling : la pureté, la pudeur, l'acceptation, ce sont les caractères distinctifs de sa beauté juvénile et maigre. La troisième est de l'École Ombrienne, vers 1500 ; c'est la plus semblable à l'interprète du héros de d'Annunzio, du fait d'un sourire, dans la douleur, et d'une attitude presque de danse.

En France, je trouve, de plus, à Marseille, un Bonvicino : encore un aspect d'élégance, de trop de beauté, de trop d'apprêt, sous les cheveux calamistrés et l'apparence toute mondaine ; à Nantes, un Saint Sébastien de Buffamalco.

L'Italie regorge de Sébastiens. Celui de Bazzi les domine, avec son paysage compliqué, sur un fond d'eau et de ciel : la tête est délicate, l'expression tourmentée, celle d'une ardente foi, aidant à supporter d'extrêmes souffrances ; les regards sont tendus avec ferveur vers une couronne que décerne un ange ; l'arbre lui-même fut criblé de traits. L'archer des *Pitti* est de l'École Italienne ; je ne vois pas de flèches dans son corps au visage bouffi et sans expression. L'archer des Offices est de l'École Toscane ; un beau groupe d'arbalétriers mi-partis l'entoure : ils sont vêtus de costumes voyants, ornés de crevés et de bouffettes ; le Saint est placide, perché dans son arbre sans feuilles, tel qu'un Zachée qui ne se contente pas de voir passer le Seigneur, mais regarde le Père Éternel lui-même, entouré de ses anges et qui lui montre la gloire.

Le *Santo* de Luini, à Lugano, est presque souriant, à force d'espoir ; une inscription l'avoisine, elle s'exprime ainsi : *O Mors, ero mors tua,* ô Mort je serai ta mort.

Le Timoteo Viti, de Milan, se distingue, lui aussi, par une grande ressemblance avec le Sébastien qu'il nous fut donné de voir vivre ; le beau visage reste pur, le regard, confiant, extatique ; une Madone est présente, avec un Saint Jean.

Le Mansueti, de Venise, montre le héros entre quatre bienheureux, et calme, défiant les attaques.

Le Botticelli, de Berlin, se distingue à son tour par la beauté, la paix reflétée, la sérénité sous les assauts. Dans le même musée, j'admire un Bonsignori : le martyr, sur un paysage rocheux et habité, a l'attitude ferme et forte, douloureuse et courageuse. Ensuite un Liberale di Verona donne à son personnage, à notre personnage une expression de patience ennuyée et puissante ; autour, il y a des arbres à fruits, une colonne brisée, des assistants parés et perchés sur une architecture décorative. Encore un Basaïti, dont la caractéristique (retrouvée dans le Cima di Conegliano, de la collection Mond) est indifférence à force de confiance : le patient, debout sur un beau carrelage, demeure attaché par un seul lien, qu'il pourrait dénouer d'un geste. Enfin, un del Garbo, celui-là rhabillé et calme, prenant sa part d'une pieuse conversation théâtrale et ornée.

Deux Sébastien, dans Francfort ; l'un de Carrache, gros, lourd, sans intérêt d'inspiration ; l'autre, d'Antonello de Messine, une grande tête navrée et patiente.

Trois Sébastien à Dresde : un autre Antonello, paisible et résigné, dans la cour d'un palais où seigneurs et dames sont aux balcons ; un Merisi, dont la devise pourrait être *pati, credere* ; un curieux Dürer, seulement un torse, les mains jointes, les cheveux bouclés et vermiculés ; il y a des fleurettes dans un verre, un fond d'angelots portant l'auréole promise, et riant et jouant ; c'est le pendant d'un saint Antoine de dyptique.

A Vienne, un Mantegna : le jeune homme est adossé à des colonnes Renaissance, parmi des sculptures brisées, des idoles renversées ; il apparaît criblé de flèches, l'une d'elles traversant le crâne entier ; l'expression est sublime de douleur intolérable, supportée par amour ; les traits sont au nombre de quatorze, inexorables et saignants. Toujours à Vienne, un Shongauer, lui encore, exultant, comme les monts qui dansent à force de foi ; mais c'est douloureusement, tout émacié qu'il apparaît, hérissé de javelots, sur un fond d'arbres dépouillés.

Le Grünwald, de Colmar, est moins barbare que les autres œuvres de ce maître, qui n'a pas peint un éphèbe, mais un homme fait, à la tête énergique et mâle, au front résolu ; les mains, dans un curieux mouvement, sont levées, tendues et serrées l'une contre l'autre, comme pour l'acceptation d'un serment fait à soi-même ; de belles plantes grimpantes s'enroulent autour de la colonne et de son fût ; un nimbe descend du cintre ; il est porté par deux anges.

Rubens et Van Dyck ont vu sans piété l'athlète chrétien. Le premier le représente deux fois et n'en fait, dans l'une et l'autre toile, qu'une puissante académie masculine, dont la douleur n'a point de pathétique, et, l'espoir, pas d'élan ; ce n'est qu'un beau gros Adonis, fort occupé à examiner un ange très semblable à un amour, et qui retire une flèche d'une blessure, comme ferait un serviteur soigneux, d'une épingle mal mise.

Van Dyck, à Pétersbourg, au Louvre, à Anvers, n'est pas plus heureux, dans le rendu de l'angoisse dominée ; le ciel seul est tourmenté, en ces compositions sans tragique ; sur le visage, une rancune, un regret, peu en rapport avec la tradition ; et, comme pour donner la raison de tels manquements, peu de flèches et point de plaies.

A Anvers, dans un paysage de Ruysdael, des personnages dus à un peintre de figures ; le tableau se distingue et se solennise par la violence des archers attristés et résignés, comme dans la conception du poète italien.

Pareille réflexion m'est inspirée par le Memling de Bruxelles ; les archers sont tout proches, les flèches plus que menaçantes ; celui qui en est la cible divine et humaine, les attend, les appelle, les reçoit, serein, dans son torse qui, seul, est nu ;

des vêtements traînent à terre ; les siens, sans
doute, ils sont fastueux.

L'Ortolano de Londres dégoutte de filets de
sang ; au premier plan du tableau, des armes sont
déposées. Le Pollajuolo, pareillement de Londres,
espère contre toute espérance, parmi le beau
groupe d'archers, ceux-là demi-nus, ou vêtus de
tuniques simples. Aillleurs, même sujet, traité
par le même peintre ; c'est un chef-d'œuvre de
dessin et de modelé savant et serré ; on pourrait
résumer ainsi ce que dit le masque : résister à la
souffrance, plutôt par vaillance que par illusion.

Le Sébastien de Baltraffio porte un visage de
Vinci : le supplice est fini, les flèches sont dispa-
rues, les plaies, cicatrisées ; la victime, au centre
d'un paysage introublé, jouit de la récompense et de
la béatitude, auprès d'une Madone triste et d'un
Jésus bénissant, adoré par un Saint Jean et un do-
nateur ; dans le ciel, un chérubin joue de la viole ;
des brindilles se détachent nettement sur les pieds
de l'adolescent, pareilles aux broderies d'un bro-
dequin de fleurettes.

Encore, de Corrège, une grande tête ; les doigts
invisibles, du personnage, portent la flèche du supplice, en guise d'emblème et de palme.

Plus près de nous, deux Corots font aussi se

dénuder et témoigner le martyr ; l'un, lié contre
une colonne, l'autre, avec les veuves, dans un
paysage. Plus que le sentiment religieux, c'est le
charme de l'exécution qui rend ces toiles précieuses.

On en peut dire autant du Henner, puissant et
souple, qui fait, avec son habituelle habileté, valoir un nu ivoirin, en le juxtaposant à de som-
bres voiles.

*Dans tous ces corps, des flèches sont plantées, dont
la hampe ou les pennes font descendre, sur les chairs,
une ombre ténue. Et ce mince espace d'obscurité douce,
de mystiques ténèbres, demeure un des abris de l'espoir
du monde.*

Le Sébastien de d'Annunzio et Debussy a les
traits sublimes et pâles d'une femme au visage
divin, d'une Étrangère de génie.

Aucun Maître n'aurait osé rêver ce qu'elle met
sous nos yeux, de pathétique et de beauté.

III

SAINTS D'ISRAËL

SAINTS D'ISRAËL

Je me souviens d'un orateur féminin d'avant ces levées en masse de fâcheuses bavardes ; un jour que je *le* ou *la* questionnais sur les ressorts de son éloquence, j'en reçus cette réponse : « Lorsque je me dispose à parler, mes idées m'apparaissent rangées devant moi, comme en hémicycle ; à mesure que j'ai fait droit à l'une d'elles, une autre lève la tête, demandant à être interpellée et interprétée ; ainsi de suite ; quand mon discours touche à sa fin, la place est vide. »

J'en pourrais écrire autant du souvenir des morts que j'ai connus vivants ; à cette date de Novembre qui est la leur, non moins que la mienne, de par ma fidélité à leurs mémoires, je vois surgir et se disposer, devant mes yeux, des Ombres lumineuses ; telle ou telle émerge un peu au-dessus de ses compagnes, comme pour me dire que l'heure est venue de lui faire sa place dans mes réminiscences.

Aussi bien y a-t-il longtemps déjà que me sollicitent deux Figures, associées dans le trépas ainsi

qu'elles le furent dans l'existence, et sur lesquelles
je ne vois émises, jusqu'à cette heure, que des
appréciations trop succinctes pour embrasser leurs
contours, trop rapides pour s'accorder à leur importance ; je veux parler du Baron et de la Baronne Adolphe de Rothschild qui me paraissent,
chacun à sa manière, présenter un type transcen-
dant de ce que j'appellerai non pas *l'aristocratie de
l'argent*, parce que ce titre aurait quelque chose de
peu sympathique, mais les *patriciens de la fortune*.

Je ne sais rien de plus utile pour ceux-là mêmes, et aussi pour leurs contemporains, que d'examiner le rapport visible entre les *moyens* qu'ils ont
reçus et l'usage qu'ils en ont fait au cours d'une
carrière prolongée. L'heure est venue, dans l'apai-
sement de certaines querelles, de rendre à chacun
ce qui lui appartient, et de ne pas priver ceux qui
achevèrent leurs jours sur une période de partisans,
du droit que les manifestations de leur goût
et celles de leur sentiment leur confèrent, entre
tous, à l'admiration, voire à la reconnaissance
humaine.

Je n'ai pas connu le Baron Adolphe ; je n'appelle pas connaître, rencontrer dans une réception,

surtout quand celui qui en est l'hôte se prodigue
à mille invités ; je le revois seulement à l'inaugu-
ration de l'hôtel de la Rue Monceau, avec sa belle
figure souriante d'amphitryon flave et barbu, sans
aucun rapport avec ce qui se dit, après, de sa mi-
santhropie. Celle-ci fit parler d'elle à peu de temps
de là, mais avec la superficialité qui caractérise les
conversations de salon, indifférentes et *indéférantes* ;
le fait est que le fond ne fut jamais bien connu
de cette hypocondrie : on ne vit plus celui qui
avait été le magnifique banquier Napolitain et le
fastueux collectionneur du Paris de l'Empire ;
quelques parents, quelques intimes seulement,
furent admis à le visiter, mais ne divulguèrent
point ce que leur confiait ce reclus volontaire. Il
n'était cependant devenu ni maniaque ni casanier ;
il sortait, chaque jour, et se montrait avec ponc-
tualité (dirai-je : avec fidélité ?) à une classe de
gens pour lesquels sa vue était (cela n'est-il pas
curieux ?) quasiment messianiforme ; j'entends la
double haie de besogneux, sinon de miséreux, qui
se donnaient quotidiennement rendez-vous sur
son passage, aux deux côtés de la solitaire allée
du Bois, qu'il avait choisie pour sa promenade
régulière. Je me suis laissé dire que chacun de
ces habitués recevait une pièce de vingt francs ; et

comme la blague ne perd jamais ses droits dans notre bonne ville, que tel ou tel décavé avait pris l'habitude de se déguiser en pauvre, pour aller recevoir sa *matérielle* du grand Crésus désabusé, qui ne regardait que l'ouverture des mains, pour épargner la pudeur des visages.

Puis, il mourut. Je n'oublierai jamais l'aspect superbement funéraire qu'avait revêtu certaine pièce du rez-de-chaussée, où l'on se réunit pour la cérémonie. Ce salon, dit des *Sèvres Roses*, qui contient tout le Caffieri possible et tout le Gouthières imaginable, sous la garde d'un buste de femme par Houdon, le plus fier du monde, était entièrement voilé comme une belle qui sourit sous des crêpes ; ces crêpes, ils descendaient du plafond jusqu'au tapis et, à travers eux, l'on apercevait les admirables bibelots, obscurcis, tels qu'un sourire de veuve, sous l'étoffe aux plis ensemble diaphanes et ténébreux, qui drapait pour le départ du Maître. Sa femme, aussi ingénieuse de délicatesse qu'artiste de goût, avait imaginé ce raffinement dans le deuil, que je n'ai depuis, nulle part, retrouvé, et qui est une des nobles choses que j'ai vues.

Du temps s'écoula.

Paris était en proie aux déchirements Dreyfu-
sards. Tout à coup une voix s'éleva, celle de
l'homme qui, si longtemps avant d'expirer, avait
commencé de se taire ; c'était la voix d'un Grand
Juif, et elle disait, ou plutôt elle redisait : « *Di-
ligite alterutrum*, aimez-vous les uns les autres » ;
mais elle le disait avec un accent de dignité et
une force de conviction que je n'ai jamais en-
tendus, à ce degré, dans aucune parole humaine.
Jamais, non plus, je n'oublierai cette soirée et
l'émotion qu'elle m'apporta. J'allais dîner dehors,
ce qui ne m'arrive plus guère, et chez des amis
que leur caractère et leur penchant rendaient sys-
tématiquement hostiles à tout ce qui représentait,
alors, ce qu'on tenait pour le *camp ennemi*. Dans
la voiture qui me conduisait à ce repas, je lus,
publiés par un journal du jour, des passages d'un
testament, celui du Baron Adolphe de Rothschild.
Les larmes me jaillirent des yeux avec violence.
Arrivé au but de ma course, mes hôtes furent surpris de mon émotion ; je leur en livrai le secret,
avec la lecture des fragments qui la motivaient.
Ils gardèrent le silence, en proie, à leur tour, au
trouble édifié qui se communiquait de par cette
révélation. Cette grande plainte, cette noble com-
plainte, elle faisait entendre, avec un accent à la

6

fois antique et renouvelé, le large sanglot de l'Ec-
clésiaste. Jamais le « vanité des vanités » ne fut
proféré si amplement ; car une plénitude s'y mê-
lait, celle qui vient du désir comblé et du renon-
cement résolu. Rien ne survivait plus au gémisse-
ment du puissant, rien que le vouloir d'épargner
une douleur à un semblable, que dis-je ? une souffrance à un insecte.

Ce testament, qui agissait sur tant de millions,
et les agitait, se contentait d'inscrire, en tête de
chacun de ses alinéas, le nom d'une misère humaine ; puis, en regard, il alignait une rangée de
zéros, précédés par des chiffres, et destinés à réagir de leur mieux, ainsi, contre cette infortune ;
après quoi, il passait à une autre ; et cela se pour-
suivait de la sorte, tout le long du chapelet de
nos chagrins. La cécité surtout apitoyait le dona-
teur : à Genève, il a érigé des instituts contre cette
forme individuelle de l'extinction de la lumière ;
à Paris, le Docteur Trousseau présida, un temps,
(avec quel savoir et quelle bonté !) une fondation
de même nature, due à la prévoyance de ces deux
philanthropes, et qui survit au départ du regretté
Maître.

Mais ce n'est pas tout ; les animaux, eux non
plus ne devaient pas être oubliés dans cette revue

de la douleur : il y a les chevaux qu'on trappe, les chiens qu'on abandonne ; comment ne pas créer des asiles, réclamer de la douceur ?

Maintenant, ceci fut-il un trait de satire ? Je ne jurerais pas du contraire ; en tout cas, pourquoi les avoir fait passer après les chevaux et les chiens, ceux qu'il nomme les derniers ? Est-ce à dire qu'il les juge inférieurs aux frères de Rossinante et aux compagnons de Bélisaire ? Quoi qu'il en soit, ces derniers venus, les *gens du monde,* puisqu'il faut les appeler par leur nom, ceux-là non plus, malgré leurs faiblesses ou peut-être à cause d'elles, il ne ne les juge pas indignes de pitié, l'infatigable réparateur. C'est alors qu'il écrit ceci : « JE DEMANDE A ÊTRE ENTERRÉ DE TRÈS BONNE HEURE, AFIN DE NE DÉRANGER PERSONNE. »

Je n'ai pas souvenance d'avoir lu, fût-ce dans Marc-Aurèle, une parole aussi dépouillée ; un homme qui s'est exprimé ainsi, je ne crains pas de le dire, mérite le titre de *Saint,* quelle que soit la religion à laquelle il appartienne ; et j'ai prétendu le formuler avec le titre de cet Essai. Hello, qui était si avare de cette désignation, ne l'aurait peut-être pas refusée à un tel Sage.

Ces récentes années, lors de certains décrets hostiles aux congrégations, ceux qui les avaient

édictés se défendirent d'avoir visé le Catholicisme ;
ils prétendirent n'avoir eu en vue que l'égalité des
croyances. Si cette proposition peut se contester,
il est une forme qui lui donne raison ; c'est la
réconciliation de tous les Cultes dans l'universelle
charité qui les fait échanger le baiser pacifique.

Certains Philologues rêvent, depuis longtemps,
un langage mondial, qui permette à tous les peu-
ples de s'entendre, et s'est appelé, tour à tour, la
langue bleue, le *volapük* ou l'*espéranto*. Ne pourrait-
on pas dire, de la Charité, qu'elle est l'Espéranto
de la Foi ? Si l'on accueille cette définition, j'en
tiens pour celui de ces noms qui est le plus près
de ressembler à de l'Espérance.

D'un milliardaire désabusé, je me suis encore
laissé conter ce trait, par lequel je veux achever la
première partie de cette Étude. Des voisins de la
fastueuse campagne qu'il habitait, prétendirent
l'avoir, une fois, aperçu, au retour d'une promenade, alors que nu-tête, agenouillé dans la poussière du chemin, il implorait la pitié des passants
de la façon la plus humble. L'imbécile qu'il y a
dans l'être qui ne fait que se croire de l'esprit, ne

manqua pas de sourire d'un tel spectacle et d'en
conclure que l'homme qui regorgeait de biens,
avait voulu ajouter un sou à cette montagne de
pécune. Le quolibet passe et la vérité reste ; j'estime, moi, pour peu que l'anecdote soit vraie, que
le riche qui en joua le premier rôle, s'il ne voulut
pas mourir sans avoir connu, goûté la mendicité,
fut un Siméon dont le *nunc dimittis* était une
obole, et qui ne crut pas devoir se présenter devant le Dieu qui a créé le Ciel et la Terre, sans
avoir été, ne fût-ce qu'une minute, aussi indigent
que le Sauveur du Monde.

Telles sont les réflexions que m'a inspirées la
lecture des fragments édités du testament de Celui
que j'appelle un *Saint d'Israël*. Un de ceux qui
ont juridiction sur le texte entier de ce document,
entre tous impressionnant, m'avait, une minute,
laissé espérer qu'il m'en communiquerait toute la
teneur ; il a, depuis, changé d'avis, et ce n'est pas
seulement pour moi que je le regrette ; il me
semble que j'en aurais fait jaillir toutes les beautés ; en tout cas, je m'y serais appliqué avec autant de sollicitude.

★

Celle qui fut la compagne de ce bienfaiteur en
était digne ; elle avait profité de ses leçons et sut
le prouver quand son tour fut venu. Sa philosophie, pour n'avoir pas été aussi radicale, n'en
donna pas moins des exemples qui n'en eurent
que plus de portée, en associant l'élégance et la
mondanité à leur exercice et à leur pratique. On
ne la jugeait point belle ; son visage brillait du
moins de l'agrément de l'esprit, tout comme celui
de Madame de Metternich ; sa taille était élancée
et elle portait, avec beaucoup de grâce, des ajus-
tements choisis avec goût. Tout cela, quand je la
vis, pour la dernière fois, il y a trois années, avait
fait place au deuil le plus simple et le plus strict :
un costume-tailleur de laine noire, assez semblable
à celui que revêt ma voisine et son amie, la Duchesse de Castro, qui fut Reine de Naples ; la
blancheur de la coiffure contrastait avec l'obscurité de cette vêture.

C'était vers la fin de l'été qui s'était montré
torride ; toute la campagne des environs de
Genève entonnait l'*arebant herbœ* ; l'Éden même
de Bessinges, la ravissante propriété de Monsieur
Tronchin, avait à se plaindre des trop rudes baisers
de l'astre. Ma félicité n'en fut que plus grande,
lors de ma rentrée dans Prégny, de retrouver son

parc vivant et frais comme une végétale émeraude.
On ne manqua pas de me conter, alors, que la
Baronne faisait arroser les pelouses de sa résidence,
par des centaines de femmes qui leur versaient, la
nuit, l'eau puisée au lac et aux fontaines ; je ne
sais dans quel esprit me fut narré ce détail, qu'il
me convient de tenir pour vrai : la bienveillance
pour les plantes est sœur de celle qui s'adresse
aux humains et aux bêtes ; il me plaît fort que
cette grande maîtresse de maison, qui fut une
grande Juste, ait pris pitié des gazons arides,
non moins que des cœurs souffrants ; du même
coup, d'un même geste, elle fit le bien aux uns et
aux autres ; m'est avis que les arroseuses diurnes
ou nocturnes doivent la regretter et que, si les
gazons pouvaient s'exprimer, ils feraient comme
elles en leur verdoyant langage.

Une légende veut que la Sultane Zobéïde fit
réciter, tout le jour, autour de son palais, des
sourates du Koran, par des femmes de sa suite ;
aussi était-ce, quand on approchait de ce séjour,
un harmonieux susurrement, pareil à celui qui
bourdonne autour du rûcher plein d'abeilles. Je
crois bien que les bénédictions auraient fait un
bruit aussi mélodieux autour du palais de la
Baronne de Rothschild.

Ce palais, il était en marbre clair, près d'un océan de roses bégonias, qui se détachaient sur le bleu du Léman, dans une étonnante féerie. Au milieu de tout cela, une femme dont la stature s'était abaissée, modestement, presque pauvrement vêtue de noir, me reçut en ce jour de grâce. A l'intérieur, nous revîmes les Paters et les Lancrets, le portrait de Lemoyne enfant, le petit dessinateur de Chardin, le dessin de Madame Lebrun, présumé d'après l'inconnue de Berlin ; il n'importe ; ce sont trois chefs-d'œuvre. Au dehors, nous allâmes visiter des antilopes, auxquelles leur maîtresse distribua des friandises, sur ce trait amer, dans lequel je recueillis comme une lamentation suprême : « Je ne me fais pas d'illusion, *elles m'aiment pour ce que je leur donne !* ».

C'est, sans doute, la préoccupation de ces grands opulents, de ne pouvoir être aimés pour eux seuls ; là même me paraît être leur erreur et une certaine infirmité de ce qu'on appelle les *ressources* : c'est deux fois, dix fois être aimé pour soi, que d'être aimé pour ce que l'on donne, qui ramène l'aisance et la prospérité, le bonheur et l'allégresse, puisque tout cela tient dans votre seule main, que vous pouvez ouvrir ou fermer, selon que votre cœur vous le persuade ou le déconseille.

La visite se poursuivit, pleine de splendeur, et de simplicité, de philosophie et de poésie.

Oh ! que je savais gré à cette femme supérieure, d'achever fièrement sa vie sans l'avoir gâtée, comme c'est devenu de mode, par la ponte de quelques méchants petits volumes de vers ou de prose béquillarde ! Non, je retrouvais, telle que je l'avais connue, mais mûrie par la réflexion et l'abnégation, l'étincelante hôtesse de jadis, celle que séparait volontairement de ses trésors de Paris, peut-être la nécessité de les quitter bientôt ; sans doute trouvait-elle à s'en détacher plus résolûment, plus de fierté et plus de sagesse. Elle avait vu mourir, assassinée presque près d'elle, une Princesse chérie, l'Impératrice Élizabeth ; et ce dernier coup avait comblé la mesure. Elle me parla de la mélancolie des fins d'existence et fit allusion aux vers de Barbier qui en expriment la détresse. Je la priai de me les citer ; alors, son visage s'empourpra, lequel était exsangue et, d'un ton naturellement pathétique, avec une vibrante conviction, elle me déclama les belles strophes qui disent, non sans vérité, le désenchantement de la vieillesse. Quand elle en vint à ce dernier vers :

« Et ne marcher que sur des tombes ! »

moi-même, qui venais d'être frappé dans la plus sainte de mes affections, je ressentis une de ces émotions, si belles qu'on ne leur en veut plus d'être poignantes. Tout le reste disparut. Je reverrai toujours cet instant, ce décor blanc, rose et bleu, de marbre, de fleurs et de paysage et, parmi, cette Souveraine qui se plaignait d'y demeurer seule, privée de ce qui en avait fait la parure, mieux que la matière rare, la plante de prix et l'onde azurée.

Je me promis de noter cette minute, dans une page que je voulais envoyer à mon éminente hôtesse ; comme toujours le temps intervint, et avant d'avoir pu lui faire cette surprise, qui eût peut-être été un plaisir, j'appris la fin de Celle dont cette récitation avait été le *lamento* éloquent et un peu farouche.

Puisse son Ombre avoir pour agréable la citation, à cette place, des strophes que j'avais composées pour elle et qui lui sont demeurées inconnues !

> Une haute philosophie
> Vous vient de contempler le Ciel ;
> A qui l'écoute et s'y confie,
> Il livre un peu de l'éternel.

Une pitié simple et profonde
Vous vient de mesurer nos maux ;
Pénétrer la douleur du monde
Fait aimer jusqu'aux animaux.

Une bonté jamais lassée
Vous vient de fréquenter les fleurs ;
Ce qu'elles gardent de rosée
Prépare à deviner les pleurs.

En votre demeure royale
On apprend à goûter ainsi
Un sens juste, une âme loyale,
Un accueil distinct et choisi.

Les ferveurs en vos regards peintes
Ne connaissent pas les saisons,
Vous qui changez le cours des plaintes
Et la forme des horizons.

Je repensais à tout cela, l'autre jour, en reparcourant les galeries de Monceau, sous la conduite de Celui qui, de par la munificence de ces deux défunts, en est devenu le propriétaire élégant, juvénile et sympathique. Nous étions en la compagnie d'un connaisseur réputé ; ce savant ne faisait que rire : bon signe, quand un savant sourit,

cela dénote qu'il est jeté hors de ses habitudes de
gravité, par un spectacle extraordinaire ; mais quand
il va jusqu'à éclater, vous pouvez en conclure que
le spectacle dépasse les bornes, c'était le cas. Ces
merveilles accumulées, au cours d'une longue
recherche, par deux amateurs passionnés et
érudits, n'est-ce pas de quoi confondre ? De chaque
genre, l'objet de choix, en kaolin et en majolique,
en métal ou en cristal, en émail, écaille ou ivoire :
ici, la boule de senteur d'Élizabeth, là, cette
miniature de Madame de Montespan, dans la
galerie de Versailles, la Belle debout, près d'un
oranger, couvert à la fois de fruits et de fleurs ;
voici la Sibylle Persique de Van Eyck, de Greuze,
la Femme au petit chien, et la propre image de
Madame de Pompadour, par Boucher, le plus
beau portrait du monde, avec la robe bleu-paon,
festonnée de roses, ce *King-Charles* qui jappe et
ce bâton de cire rouge, près de cacheter un billet
doux à destination royale.

Cependant, je recherchais un bibelot que je
connaissais bien, que j'aimais d'un amour délicat,
et qui me semblait avoir disparu de l'horizon
discernable ; tout à coup, je le retrouvai, le nouveau maître l'ayant un peu exilé, pour lui substi-
tuer du Saxe ; imaginez cette grande figurine de

Falconet : une ravissante jeune femme, debout, penchée un peu en avant, dans un geste d'offertoire et de présentation, tend à l'espace un cœur visible, savoureux comme un fruit, suave comme une fleur.

Je fus, d'abord, un peu scandalisé du déplacement de ce bel objet, entre tous, significatif et tendre ; d'y réfléchir mieux, il me sembla comprendre que, tout au contraire, s'en accentuaient la signification et la tendresse ; j'imaginai qu'il était presque devenu vivant et, de lui même, avait voulu se mettre en marche, commencer à se diriger, pour s'y ériger, vers le mausolée de cette Bienfaitrice, sur lequel il saurait représenter la gratitude de ses obligés et la reconnaissance de ses fidèles.

7

IV

L'AMI DU « VOLEUR DE SOLEIL »

L'AMI DU « VOLEUR DE SOLEIL »

C'est de Monsieur Groult et de Turner, que je
veux parler ; on sait que l'Angleterre donne à ce
dernier, ce nom magnifique ; le premier, non seulement je ne pense pas qu'il soit trop tard pour
en écrire, mais, au contraire, il me semble que
l'heure en est seulement venue. Il y a dans les
réflexions que suggère immédiatement un grand
trépas, quelque chose de tumultueux qui ne
permet pas d'observer les nuances ; que faire,
d'un édifice que l'on a sous le nez, si ce n'est noter
quelques motifs de son porche ? Il n'aurait pas
été, ce me semble, pour déplaire à Monsieur
Groult, de se voir comparer à un monument ; cet
homme le méritait, pour l'architecture de sa vie.

Au cours de celle-ci, en discourir aurait été
plaisant et aisé ; je le projetais ; si je m'en suis
abstenu, ce fut pour ne pas mécontenter un modèle à qui j'avais des obligations et devais des
égards. Maintenant, la tâche me devient d'autant
plus facile que je la tiens aujourd'hui pour un devoir ; car la même peine qu'un panégyrique aurait

causée, de son vivant, à ce personnage remarquable, mais singulier, le silence, je le crois, le
causerait présentement à son ombre. Aussi bien,
je le répète, l'heure même du décès me paraît,
seule, peu propice à ces vues d'ensemble sur un
intérieur et sur son hôte ; dans l'imprévu de la
situation et le désarroi qu'elle entraîne, on ne
trouve guère alors à en écrire que ces mots :
« J'y ai dîné » ; c'est quelque chose, mais ce n'est
pas tout. J'ai pourtant lu, sur le compte du grand
collectionneur, au moment de sa mort, un excellent article de Monsieur Lavedan ; mais qui serait
surpris de voir cet écrivain triompher d'une difficulté nouvelle ?

Monsieur Flament, lui, nous a catalogué non
sans abondance, peut-être même avec un peu de
diffusion, des collections d'ailleurs elles-mêmes
diffuses. Je voudrais ajouter quelques personnelles observations à ces apologies.

Tout le monde sait (en tout cas, ceux qui savent
ce qu'il faut savoir) que Monsieur Groult ressemblait étonnamment à Goya, du moins à ce portrait
de Goya qui figure en tête de la réimpression des
Caprices. Je crois bien que celui dont nous nous
entretenons s'était un peu inspiré de ce portrait,
lorsqu'il fit, il y a quelques années, une entrée

sensationnelle au Bal Gavarni, en chapeau à haute
forme aux-bords chantournés, en redingote ju-
ponnée. Il existe une photographie de Monsieur
Groult, dans ce costume ; on l'y voit, de dos, en
train de lorgner son propre portrait, dans un
pareil habillement ; la rencontre est d'un bon comique ; c'est même pour cela qu'il ne m'a pas paru
très opportun de reproduire, comme on l'a fait,
cette caricaturale image, en des circonstances funéraires ; mais, de nos jours, la délicatesse n'y regarde pas de si près, fût-ce envers les défunts. De
fait, il n'existe pas de bon portrait, à peine de portrait de Monsieur Groult ; ceux qui auraient pu
le réussir, Whistler, Boldini, Besnard, qui étaient
pourtant de ses connaissances, n'ont pas su le dé-
cider. Il serait intéressant de rechercher et, finalement, d'établir quelle raison a bien pu empêcher
ce grand assembleur d'effigies, de désirer voir la
sienne propre figurer entre tant d'autres ; c'est
peut-être bien que, tout simplement, il n'aimait
pas la peinture moderne.

Une autre chose que l'on sait moins, et que je
me vante d'avoir découverte, c'est combien Monsieur Groult ressemblait aussi, et surtout, au portrait de Jean Cingisus, par Holbein, qui est au
Louvre. J'en appelle à ceux qui ont bien connu le

nouveau Cingisus ; qu'ils aillent revoir l'autre, ils seront de mon avis ; je ne parle pas là d'un vague trait de ressemblance, je parle d'une identification absolue.

J'ai dit qu'il n'aimait pas la peinture moderne ; c'est exact, il en possédait fort peu ; sa meilleure page de l'art contemporain, c'était la *Chanteuse au gant noir*, de Degas, qui figurait à la première Exposition des Impressionnistes, Rue des Pyramides, et qui fut, un temps, chez Bonnières ; il me montra aussi l'étude que fit Baudry, d'après la Comtesse Potocka, pour un de ses plafonds, mais ces exceptions n'étaient, chez lui, que des accidents, en somme, fortuits et rares.

Whistler qui, lui, n'aimait pas beaucoup les amateurs de vieux, s'amusa, un jour, à venger les vivants, dans cette célèbre Galerie : il avait été invité à dîner et, quand vint l'heure de l'admiration qui, chez un pareil amphitryon, n'était pas malaisée, il ne la témoigna point, en tout cas, pas au degré où on l'attendait. C'était l'époque où Turner florissait Avenue Malakoff, dans des proportions sans doute excessives et, disons-le, un peu incontrôlées ; le malicieux Maître Américain se promena sarcastiquement parmi tant de couchers de soleil, qui ne s'étaient pas tous levés chez leur signataire, et l'on ne put, de toute la soirée, en tirer autre chose que ce conseil cent fois répété : « Achetez des Canaletti, Monsieur Groult, achetez des Canaletti. »

Certes, ce fut un déboire des dernières années du grand amateur, que de devoir en rabattre sur certaines pièces de sa collection Anglaise. Quand son erreur lui fut révélée, il supporta vaillamment le choc, lequel ne dut pourtant pas aller, chez cet orgueilleux, sans bien des tempêtes secrètes. C'est qu'il s'était piqué d'acclimater, chez nous, dans des proportions folles, cette École Anglaise qui n'y était connue que par des spécimens de tout premier ordre, joie et orgueil de certains palais de Rothschild ; dans son enthousiasme exubérant, et, disons-le, un peu juvénile (c'était une part de sa grâce) l'ami de Turner, de Reynolds et de Gainsborough se laissa prendre à des contrefaçons faites pour lui, et, ma foi, fort réussies.

Pour ce qui est des portraitistes, certains Grands Seigneurs Anglais, admis à contempler les cimaises de l'Avenue du Bois, n'étaient pas peu surpris de se voir donner pour des originaux, de célèbres tableaux qu'ils savaient, en réalité, posséder eux-mêmes ; la courtoisie de ces visiteurs illusionna, un temps, notre rétrospectif Mécène ; néanmoins

7.

la vérité se fit jour dans son esprit, et, comme il en avait, il fut beau joueur : certains tableaux disparurent sans bruit, mais je ne suppose pas sans douleur.

Ceux qui, de près, ou de loin, fréquentèrent le Musée Groult, ne purent méconnaître l'aventure : celle des annexes du logis, qui regorgeait de Turners, n'en compta plus qu'un petit nombre, lesquels ne rayonnèrent qu'avec plus d'éclat, pour être authentiques ; deux d'entre eux se faisaient vis-à-vis, au centre de la travée ; leur possesseur, rassuré sur leur compte, au prix de plusieurs écoles, faisait devant eux des stations dithyrambiques, vous interrogeant sur vos préférences ; puis, il appuyait ses dires, et ses rires, d'attestations, de certificats, sous forme de coupures de journaux relatant les diverses phases de l'existence du chef-d'œuvre, sans interruption ni lacune.

Une nouvelle grave épreuve, pour Monsieur Groult, lui vint encore de Bagatelle : son goût pour ce Palais suburbain lui inspira, un jour, ce que les Parisiens parisianisants appellent « le beau geste » ; c'était un peu avant que le domaine n'eut

été acquis par l'Etat ; le collectionneur décida d'en
faire, pour quelques semaines, le théâtre d'un royal
bienfait, en y transportant la fleur de ses toiles
Anglaises ; l'entrée devait être payante et servir à
doter le Louvre d'un tableau de choix dont l'acquisition était assurée. Malheureusement, ces
beaux gestes-là ne sont pas toujours bien ac-
cueillis par une société gouailleuse ; ceux qui seraient incapables de les accomplir se complaisent
à mettre en doute leur sincérité ; et le superbe
bienfaiteur qui en avait, cette fois, pris l'initiative,
s'en vit récompensé par l'étonnante rancœur de
s'entendre dire (peut-être même de lire, car il se
trouva, je crois bien, un journal pour imprimer
cela) que le but de l'entreprise n'était autre que
de faire délivrer un certificat d'authenticité à de
faux tableaux, avec une générosité simulée. Je
ne crois pas que le *Inde iræ* ait jamais pu recevoir
d'aucun événement une réalisation plus coléreuse ;
pour se passer, tout entière, sous un crâne, la
tempête ne s'accusa pas moins véhémente ; en
quelques heures, les tableaux regagnèrent leur
domicile ; et, quand, à ce propos, je parlais tout
à l'heure de rancœurs, celles-ci purent bien aller
jusqu'à la rancune.

Ce serait une curieuse étude que celle qui

rechercherait, dans l'existence des célébrités, les causes premières de certaines abstentions, ou de quelques actes; le rôle joué par la maladresse inoubliée d'un prélat, dans la fin anti-chrétienne d'un dramaturge ; la fuite vers l'Angleterre .du legs Wallace, qui fut, un temps, destiné à Paris, et que l'on ne sut.pas retenir ; le revirement de la Duchesse de Galliera, par rapport au Musée qu'elle avait construit, afin d'y loger des richesses d'art, qu'elle finit par léguer... à une autre ville ; enfin, le silence final de Monsieur Groult, à l'égard de nos Musées Nationaux, peut-être déterminé par l'aventure de Bagatelle.

De là cependant, à ne pas voir de *beau geste* dans le fait de laisser à la remarquable et dévouée compagne d'une telle existence, la totalité de ce que l'on possède, il y a un pas que je me garderai bien de franchir délibérément, comme le font certains, qui me paraissent professer d'étranges sentiments envers le mariage. Il ne me semble pas, au contraire, que cette institution ait dicté beaucoup de gestes plus beaux que cette façon, pour un homme de cet acabit, de s'en remettre à sa digne épouse, d'assurer le destin de trésors inouis et d'inestimables richesses.

Car il y avait de cela dans la pinacothèque de

l'Avenue du Bois, et je serais bien fâché que mon
récit de tout à l'heure pût faire penser que mon
avis est différent ; au contraire, en le narrant, je
fais ressortir, d'une part, la sincérité d'un homme
qui ne craint pas de se déjuger pour assurer l'in-
tégrité de ses acquisitions ; de l'autre, le degré
d'importance auquel les avait conduites une épu-
ration raisonnée. A elles seules, les tapisseries des
Quatre Éléments composent un extraordinaire
joyau ; la réunion des œuvres d'Hubert Robert
forme un ensemble unique au monde ; variés et
nombreux sont les ouvrages de Watteau ; et des
Perronneaux, il y en a beaucoup, presque trop,
puisque plusieurs sont usés, et quelques-uns d'i-
négale valeur ; mais d'autres, quatre pour le moins
(ceux de l'entrée) sont de premier plan dans la
production de ce Maître. Je ne veux pas catalo-
guer ici, la collection Groult, d'autres me dispen-
sent de ce soin, et je leur en sais gré, aimant
mieux évoquer le collectionneur.

Je le revois (dans l'ample redingote déboutonnée
et flottante qui composait son invariable costume)
et poussant, à plusieurs reprises, avec un reni-
flement un peu sauvage, qui paraissait aspirer,

savourer et humer, ce grognement de satisfaction
que lui arrachait la vue d'une belle œuvre. Certes,
l'homme avait de la grâce, incontestablement, une
grâce un peu bougonne, du genre de celle de
Goncourt, mais qui savait aller jusqu'à la bonté,
j'en ai eu la preuve.

Cette grâce, elle se nuançait de courtoisie et
d'urbanité, lors des visites plus cérémonieuses que
lui faisaient ceux ou celles au profit desquels, à de
rares intervalles, il nous autorisait à faire les honneurs de ses toiles ; je me souviens de lui avoir,
entre autres, amené ainsi le Duc et la Duchesse de
Fezensac, le Prince et la Princesse Pio de Savoie,
la Comtesse d'Haussonville, la Marquise de Jau-
court. Cependant, jamais je ne sollicitais, l'autorisation fameuse, même au nom des plus éminents,
sans avoir obtenu d'eux l'assurance qu'ils se résigne-
raient à une négation, toujours possible, car pas un
symptôme, en aucun cas, ne faisait prévoir quel
serait le sens de la réponse ; acquiescement affable,
opposition butée alternaient sans régularité, et sans
qu'on pût démêler ce qui dictait l'un ou l'autre ;
rien, vraiment, je crois, que le simple caprice, et
cette forme de tyrannie un peu arbitraire qui est
le propre des Grands de ce Monde.

De l'esprit, je le répète, il en avait aussi, qui se

manifestait au cours de ces randonnées enivrées
dans l'enceinte de son domaine. Et, d'abord,
quelques mots de ce dernier.

Ce qui en faisait le charme, c'était de le sentir
habité par une personnalité puissante, débordante,
plus forte que tous les chefs-d'œuvre voisins et
qui, elle-même était une œuvre, peut-être un
chef-d'œuvre. Cette personnalité se revêtait souvent de simplicité, je dis qu'elle s'en revêtait non
qu'elle l'affectait, bien que parfois il en fût ainsi,
de tels naturels ne sauraient être tout le temps,
tout à fait ingénus ; mais, sous les dehors bon
enfant, l'orgueil était énorme, il perçait dans des
occasions telles que la suivante : lorsque, dans le
voisinage, s'édifièrent d'étonnants palais, l'homme
prétendit qu'un de ses amis s'était écrié : « J'espère
que tu t'en fais construire des dépendances !... »
— Un tel mot le ravissait, il le répétait à satiété ;
au point de tenir à lui donner raison ; et, plus
tard, ayant obtenu, d'une aimable et somptueuse
voisine, de loger momentanément, chez elle, je
crois bien, un cheval (qui devait être Pégase), il
lui paya son loyer en raisin de Chanaan.

Cette simplicité dans le faste, elle se manifestait
par des détails qui me plaisaient fort : son intérieur, élégant et magnifique, n'en restait pas moins

bourgeois et cossu, dans la bonne acception de
ces deux mots, et je suis sûr qu'il y tenait beaucoup ; je veux dire qu'il devait, avant tout, avoir
horreur du faux luxe, du faux chic, et même du
vrai, il faut l'en louer.

Les jardinières de son appartement ne se fleuris-
saient, ni d'azalées, ni de lilas blancs, ni d'aucunes
des flores de fleuristes, banales et endimanchées ;
elles contenaient de simples géraniums, qui me
paraissaient et me semblent encore symboliser ce
goût de permettre aux choses moyennes, un peu
rudes et un peu frustes, de s'élever et d'être belles.
Selon moi, il y avait de la justification de son
état, et comme une allégorie de son élévation,
dans l'estime où il tenait cette fleur peu rare, mais
de riches coloris, de saveur à la fois forte et fine,
de parfum salubre, et capable, en dépit de son
extraction modeste, de briller, voire même d'éclater
à côté d'un rose de Boucher ou d'un rouge de Reynolds. Je ne sais si le bonhomme avait fait cette
réflexion et s'il mettait tant de malice dans la composition de ses bouquets ; mais, quant à moi, je
m'y obstine, et si j'avais à charger une fleur de
représenter, pour mon souvenir, celui de ce grand
fermier général des colorations, je choisirais le géranium, pour les raisons que je viens de dire.

Et qu'on n'aille pas imaginer que des horticul-
teurs remplaçaient journellement, dans les vases et
les cache-pots, la fleur préférée ; pas du tout ; elle
s'y prolongeait, et c'était un des plaisirs du Maître,
d'admirer, de faire observer que, non contente
d'avoir brillé, par dessus les roses, elle savait vieil-
lir et mourir avec faste, communiquant de la
pourpre de ses corymbes à l'ombelle de ses feuillages.

Ces détails n'étaient pas seuls à caractériser le
goût de mon modèle pour ces rapprochements de
la familiarité et du luxe ; les demeures de ses oiseaux n'étaient pas de fines volières, mais de ces
cages grossières et charmantes, aux barreaux de
bois, hors desquelles les tapisseries du Dix-Huitième siècle font s'envoler des ramiers voyageurs,
portant au col des messages d'amour. Et si notre
Grand Ami les remplaçait par des merles blancs,
c'était, une fois de plus, afin de témoigner son goût
pour cette forme de l'antithèse.

A proprement parler, il n'y avait que six pièces
d'habitation, dans ce vaste rez-de-chaussée : l'entrée, unissant le vestibule au jardin, avec, à gauche, un petit salon où étaient les portraits de

chiens ; puis, plus loin, proche de la salle à man-
ger, le grand salon où étaient les portraits de
dames, des ovales d'égale grandeur, et dont les
modèles avaient parfois l'honneur de voir com-
mander à Lyon, par Monsieur Groult, une copie
de leurs étoffes. Cette pièce, toute en boiseries de
chêne, avait, si je m'en souviens bien, été reprise
par son habitant, à la maison de la Rue Sainte-
Apolline où il avait tout d'abord demeuré, et qui
contenait sa fabrique.

De l'autre côté de l'entrée, ouvrait le cabinet de
travail, presque entièrement garni de dessins de
Watteau, du parquet au plafond, et parmi lesquels
le rayonnant portrait de Monsieur de Julienne
accueillait, en son habit brodé, de sa belle main
et de son sourire. Il avait pour vis-à-vis, le patron
du lieu, à sa table de travail, si l'on peut appeler
ainsi la montagne de paperasses derrière laquelle
apparaissait la tête, elle-même, souriante, ou un
peu grognonne, de celui qui avait à les dépouiller
et se reconnaissait, je crois bien, au mieux, dans
cet apparent désordre, lequel, après tout, qui sait ?
n'était qu'un effet de l'art, ayant pour mission de
jouer son rôle décoratif dans ce pandémonium magnifique ; car, ce désordre, il se fleurissait de bouquets, tel qu'un chapeau d'élégante, ou s'irisait

d'un de ces coquillages que chérissait le grand ma-
nufacturier, au point d'en détacher des fragments,
pour les envoyer, dans ses lettres, comme les
femmes sensibles font, d'une fleur.

C'est là qu'un jour, au-dessus de l'amoncel-
lement des papiers, je le vis fouiller dans un
tiroir qui m'apparut plein, jusqu'au bord, de petits
portraits sur parchemin et sur ivoire, parmi lesquels
s'étant mis à plonger jouisseusement, il s'écria :
« Une pleine eau dans la miniature !... »

Un similaire désordre, mais composé avec d'autres données, se renouvelait dans le hall voisin,
sur la table grande comme un champ de manœuvres, autour de laquelle se groupaient de précieux
vieux cadres vides, des cartons, des photographies,
et jusqu'à d'anciens nids d'oiseaux, attachés à leur
branche morte, avec leurs duvets et leurs brindilles. Mais ce hall faisait partie des galeries, n'était
qu'un lieu d'admiration et de passage. Le grand
corridor, contigu, avec ses tentures de Chinois
Louis XV, et son vase noir de cent un mille francs,
mettait aussi comme un point de séjour, de résidence et de repos dans cette partie de la maison,
où la promenade au-devant des tableaux requérait
l'attention jusqu'à la fatigue ; on y servait le thé
et les boissons fraiches en écoutant l'hôte comparer

les taches des marbres et les lunules des papillons, aux couchers de soleil des grands peintres.

★

C'est au milieu de ces choses que sa verve se
manifestait, comme animée par leur fréquentation et
stimulée par leur vue ; elle abondait en anecdotes,
quelques-unes forcément un peu ressassées, comme
il arrive d'ordinaire aux montreurs de leurs bibelots, mais toutes jolies.

C'était le bouquet déposé sur le cadre de certain
dessin de Watteau, chaque année, le jour anni-
versaire de celui, auquel il devait la trouvaille.

Une autre histoire, plus touchante, est celle qui
concerne ce portrait de Perronneau, lequel, suivant
moi, représente la perle, entre toutes les perles du
Musée Groult, et que je choisirais, si j'avais quelque chose à choisir dans cette multiforme tribune.

Je veux parler d'un portrait de jeune homme, de
grandeur nature, à mi-corps ; le buste légèrement
infléchi, avec indolence, peut-être avec lassitude,
se présente de face, le visage, de même, et le
plus attachant du monde ; les yeux sont clairs, et
les joues ainsi que les lèvres, on les dirait « meurtries

par des baisers » comme le dit Gautier, des marbres de Saint Marc ; un petit bouquet de roses-
thé, s'attache à l'habit, sans rien, d'ailleurs, d'ef-
féminé, c'était la façon, du temps, de porter les
fleurs à la boutonnière ; rien de plus séduisant que
l'image de ce beau jeune homme, sans doute las
d'être trop chéri, moins le portrait de l'amoureux
que de l'aimé, et qui, gracieusement, mélancoli-
quement aussi, demande grâce.

Or, la première fois que j'admirai ce chef-
d'œuvre, je m'étonnai de voir, suspendue à son
cadre, une canne de l'époque, un beau vieux jonc
blond, surmonté d'une pomme d'or finement cise-
lée ; alors, Monsieur Groult me conta ceci : depuis
longtemps il désirait ce pastel, sans pouvoir obtenir qu'on le lui cédât ; puis, il arriva ce qui finit
toujours par arriver, la propriétaire du portrait,
une vieille femme de province, eut besoin d'argent,
se décida, plutôt se résigna, écrivit au collectionneur. Celui-ci se mit en route, le cœur battant et
la bourse garnie ; loin de s'effaroucher, sa délicatesse acquiesça galamment, quand la dame réclama
de lui, comme une faveur, de n'emporter le tableau
que sur le soir, pour atténuer à celle qui s'en
séparait avec peine, le chagrin de le voir partir.
Aussi, quand, à l'entrée de la nuit, le nouveau

possesseur vint chercher son acquisition, la vendeuse
le pria d'accepter, en remerciement de la bonne
grâce avec laquelle il s'était prêté à son caprice, la
canne de celui dont il emportait les traits, l'aïeul
charmant, pour jamais junévile.

J'aimais encore cette silhouette de jeune fille
que Greuze peignit, d'après nature, quoique d'après
une ombre ; celle de sa bien-aimée qui lui apparut
et posa pour cette toile, dans des circonstances qui
y sont relatées, par une inscription de la main du
peintre.

Les anecdotes se succédaient, aussi les mots : il
y en avait de Dumas, de Sardou ; c'est l'un des
deux qui avait demandé à cet éternel acheteur
« combien il avait arrêté de diligences ?... »

Mais, le plus caractéristique de ces ana demeu-
rait celui qui va suivre. Un jour que notre Modèle
avait poussé l'amabilité envers un visiteur de sa
galerie, jusqu'à le prier de rester pour le repas,
sans cérémonie, l'invité, qui, on va le voir, ne
méritait pas cette faveur, s'excusa ; et celui qui la
lui avait faite ne fut pas peu surpris d'apprendre
que le prétexte en avait été formulé dans l'oreille
d'un tiers, lequel, d'ailleurs, s'empressa de le rap-
porter à qui de droit : l'engagé ne se serait, paraît-
il, pas soucié de partager le repas « d'un meunier ».

Quelques jours après, ayant rencontré Monsieur Groult, l'imprudent, qui s'était cru spirituel, jugea devoir s'excuser pour n'avoir pas accepté l'invitation bienveillante ; puis il en rejeta la faute sur la crainte qu'il avait eue que la réunion ne fût trop nombreuse. — « Mais non, Monsieur, lui expliqua son interlocuteur, *il n'y aurait eu que le Meunier, son fils... et Vous.* »

★

Je connais, pour l'avoir éprouvé, un autre aspect de la manifestation de Monsieur Groult : *la bonté de son cœur.*

C'était quelques jours avant la mort du compagnon de ma vie, lequel professait, à vrai dire, pour le grand collectionneur, une admiration enthousiaste ; je venais de le conduire dans une maison de santé, de laquelle, moins d'une semaine plus tard, il ne devait sortir que pour expirer ; je rentrais chez moi, vers le milieu de l'après-midi, et ma tristesse était telle que j'avais refusé l'assistance d'amis dévoués qui s'étaient offerts à venir me voir ; ce ne fut donc pas sans beaucoup de surprise que je vis entrer, chez moi, Monsieur Groult, avec lequel je n'étais qu'en relations mon-

daines. Il se mit à me parler avec une autorité défé-
rante, une sorte de paternité affable, qui me sur-
prit : « Je plains, me dit-il, les cruelles heures que
vous traversez ; elles sont de celles où l'on désire la
solitude, mais la solitude vous est funeste ; vous
avez éloigné vos amis, mais vous en avez oublié
un, qui ne vous oublie pas, et qui veut s'attacher
à vous dans la mesure où sa présence vous est
aujourd'hui nécessaire ; il vous emmène, il vous
enlève, parce qu'il doit vous accompagner, et que
l'ennui qu'il vous cause, il le sait, vous sera profitable en ce moment. » Je ne certifie pas que ces
propos soient, en termes exacts, ceux qu'il me tint ;
mais c'était leur sens précis, je l'affirme.

J'en fus, d'une part, si étonné, de l'autre, si
touché, que je me laissai faire ; quelques instants
après, j'étais dans la voiture de mon visiteur, qui
m'emmena voir une œuvre d'art ; puis, quand
l'après-midi se fut ainsi achevé, il ajouta, d'une
insistance qui redoubla mon étonnement : « Ne
croyez pas que ce soit fini, maintenant vous allez
venir partager le mauvais dîner de ce même vieux
homme, très ennuyeux, qui vous tourmente, et
qui a décidé de ne pas vous laisser seul, jusqu'au
moment de prendre votre repos. » Il en fut ainsi ;
et quand ce moment fut venu, mon hôte sortit à

pied, avec moi, de sa maison, puis m'accompagna
jusqu'à la porte du Bois, qui mène à ma propre
demeure. Jamais il ne me reparla de cette journée,
au cours de laquelle il me semblait qu'il eût eu à
cœur d'accomplir mieux qu'un devoir d'amitié,
une mission, ce qu'il fit avec une fière délicatesse,
dont je n'ai pas rencontré d'équivalent, au cours
d'une existence déjà longue.

Monsieur Groult se plaisait à intervenir, d'une
exceptionnelle façon, dans les événements et dans
les âmes ; il y excellait. Le jour où Castellane
donna sa grande fête au Bois-de-Boulogne, son
voisin lui envoya des cygnes, pour peupler les
eaux qui, sans lui, seraient demeurées désertes.
Le jour que le Ciel me dispensa ma grande
épreuve, mon vieil ami me prodigua sa bonté,
pour fleurir mes chagrins qui, sans lui, seraient
demeurés arides.

Ce fut à moi d'évoquer ce souvenir, environ
une année après, quand j'écrivis ces stances en tête
d'un volume de mes vers, que Monsieur Groult
m'avait donné à signer :

> Je me souviens qu'un jour de peine
> La plus lourde du cœur humain,
> Vous êtes, pour porter ma chaîne,
> Venu me prendre par la main.

8

Vous n'avez pas dit les paroles
Qui pèsent aux espoirs lassés,
Car vous saviez que les corolles
De vos jardins, c'était assez ;

Car c'est tout ce que l'on supporte,
Quand le chagrin est gros de pleurs
Et que notre espérance est morte :
La consolation des fleurs.

Mais vous m'avez donné la joie
De sentir, en ce grand départ,
Que, du deuil sous lequel je ploie,
Vous vouliez prendre votre part ;

Et que, si le langage expire
Devant la douleur d'ici-bas,
Les meilleurs pensent, sans le dire,
A ce dont ils ne parlent pas !

Ces strophes, je les lui lus, moi-même, dans son
cabinet de travail ; il laissa paraître qu'elles le tou-
chaient et me fit voir ensuite très affectueusement
les nouveautés de son installation modifiée ; ce
fut, je puis le dire, une journée d'adieu ; depuis,
je ne le revis plus que des minutes, avec cette
distance que recrée la vie des villes, aux rencontres intermittentes, vite interrompues.

Et, pourtant, je me faisais une fête de lui lire ce

passage du Livre que je consacre à la mémoire de
mon Ami, ce passage que je veux, du moins, citer
à cette place : « Un homme dont le nom m'est
cher à jamais, sait et veut être le Bon Samaritain
de ces heures uniques dans ma vie ; il vient me
prendre, il m'emmène passer le soir dans son
jardin fermé, autour duquel les bruits se taisent,
près des eaux secrètes où, parmi le glissement des
cygnes somnolents, se reflètent les astres réveil-
lés, les fleurs endormies. Non loin de nous, les
plus rares chefs-d'œuvre de l'art montent leur
garde de beauté, poursuivent leur veillée d'honneur, dans les profondes galeries ; on ne les visite
pas, on n'en parle pas même, mais le peuple de
mythes et de portraits qu'elles tiennent en réserve,
c'est comme autant de nobles amis qui, sans mots
indiscrets, compatissent aux souffrances de l'ab-
sent, à ma présente détresse. »

C'est au nom de ce souvenir que j'irai déposer
sur la tombe de Qui me le suggère, une branche
de ce géranium qu'il aimait à voir dans sa maison,
et qui devra plaire à son mausolée.

★

Parfois, je me demande s'il me faut regretter de

n'avoir pas approché cet homme étonnant, dans les tout derniers temps de son existence : certes, la leçon est toujours forte de les voir affronter le trépas, ceux qui doivent tant à la vie !

Cependant, cette leçon, nul moins que lui ne devait la donner. Il l'a prouvé en gardant le silence ; mais quel éloge celui que ce silence fait, de sa Compagne, dont il appréciait le mérite, au point de s'en remettre à elle de veiller au destin de tout ce qu'il aimait, d'un amour extraordinaire.

Je ne doute pas qu'il n'ait agi sagement.

Cette Compagne, elle saura comprendre des volontés même muettes, elle en interprétera l'esprit, et après avoir épargné, par cette confiance, à celui qui l'inspirait et la ressentait, la douleur de prendre un parti, elle réparera des oublis, comblera des lacunes, agira, enfin, comme une volonté prorogée, plus désintéressée, assez détachée pour voir clairement et agir de même.

Au reste, la parole qu'il était désirable que je recueillisse, un autre l'a entendue, et me l'a transmise, et je la donne pour conclusion à cet Essai qu'elle éclaire d'une saisissante lueur, en même temps qu'elle l'illustre d'un trait de burin assez fantastique.

C'était quelques semaines avant la mort du

Collectionneur, durant une de ces minutes amères au cours desquelles dut se livrer, en son âme, la lutte de la possession et de l'abandon.

Alors, on l'entendit qui murmurait sourdement et tendrement à la fois, parlant de ses collections, cette phrase qui formulait le mot Néronien de son dernier rêve : « Tout de même, si on mettait le feu à tout cela, *ce que ça en ferait une cendre d'un beau ton !...* »

V

LE MÉTÉORE

LE MÉTÉORE

« Le porte-voix, en quelque sorte, officiel... »

ROSTAND.

A la sortie de cette « générale » mémorable, tout un public attendait, assez pareil à ce collégien de Gavarni, ce potache qui rappelle à son papa que ce dernier lui avait promis, s'il était sage, de le mener « voir prendre des glaces chez Tortoni » ; rarement, en effet, le mur, derrière lequel il se passe quelque chose, avait abrité un mystère ayant autant fait parler de soi. Tout à coup, de cet autre mur noir de têtes curieuses, une voix s'éleva, celle d'un titi, non « du poulailler » comme la voix du merle de *Chantecler*, mais d'un titi du trottoir ; elle résumait d'un mot, comme il arrive, à la fois parisien et faubourien, l'impression que plusieurs cherchaient vainement à dégager, elle disait : « *Ça vaut bien la peine de sortir de là pour ne rien dire !... au moins, on serait fixé.* »

Mot non seulement *juste*, mais *équitable*. Donc,

pas finie, cette angoisse pesant sur le monde depuis des années, de par cette pièce mythique, sinon mystificatrice ; le cri, victorieux ou irrité, qu'at-
tendaient pour parler, à la fin, d'autre chose, ceux
qui viennent voir ceux qui ont vu, nul ne le pous-
sait, à l'issue de la révélation enfin consentie ;
c'était plus qu'inquiétant, c'était enrageant : on n'allait pas encore être fixé. « Mince alors ! » aurait
dit le merle.

Eh bien ! il y avait de cela dans le silence tumultueux de ceux qui sortaient ; et cela tenait à plusieurs causes, dont nous allons, dans la mesure de
nos moyens, successivement faire le tri.

D'abord, on peut se demander si un temps doit
venir où, quand un auteur produira une œuvre
dramatique à ce point touffue, il fera une différence entre ce qui doit *être lu* et ce qui doit *être
joué*, et lui-même, ou avec l'aide d'un collabora-
teur, tirera, du drame *pour la lecture*, un drame *pour
l'interprétation*, comme on le fait avec un roman
porté à la scène. La suite des représentations amène
bien, il est vrai, quelque chose de tel, par des re-
tranchements acceptés, plus d'unité dans l'ensemble et l'expérience de certains effets qui font ressortir des points lumineux, en admettant des ombres ; il n'en est pas de même à la « générale », et

quand c'est celle d'un ouvrage plus que plein, bourré de *concetti*, mélangeant, jusqu'à l'embrouillamini, le papillotement de l'œil et celui de l'oreille, quoi d'extraordinaire s'il en résulte un ahurissement qui me paraît avoir été, pour beaucoup, l'impression de la soirée ?

Notez que ce parterre, à force de compter, ne comptait plus : des *invités* ne sont guère en droit de ne pas applaudir ; celui du second soir n'est pas moins récusable, à un autre titre : des gens qui ont payé deux cents francs pour entendre, ont des chances d'être contents, pour une raison différente. Quelqu'un disait, un jour, devant Forain, que les personnes les plus faciles à satisfaire étaient (contrairement à ce que plusieurs imaginent) celles qui ont donné de l'argent ; le grand humoriste répondit : « oui, *parce qu'elles le suivent !* » Ceux de la première *B* se rangeront également dans cette catégorie ; c'est donc à partir de la quatrième que le titi de l'asphalte devra se renseigner sur la véritable nature des appréciations attendues.

Donc, ce public de la « générale », bien disposé, à ce qu'il m'a paru, chaque fois qu'il en eut l'occasion, très souvent, a manifesté avec beaucoup d'ardeur, empressons-nous de le dire, sa sympathie pour l'auteur et son admiration pour l'ouvrage ;

ces occasions, c'était l'apparition de beaucoup
de beaux vers, j'entends de beaux vers à la
Rostand, qui rappelaient, de plus ou moins loin,
à l'auditoire, son cher auteur de *Cyrano* et de la
Samaritaine. Il y a, nul n'en doute, et je pense
bien (quoi qu'en dise son coq) aux yeux de l'écrivain tout le premier, d'autres façons que celle-là,
pour des vers, d'être beaux ; mais ces façons, il ne
dédaigne pas non plus d'en user ; c'est alors que
son vers se surpasse et fait penser à un vers d'Hugo,
ce qui est vraiment une bien belle façon de cesser
d'être soi. Les vers de ce premier et deuxième
genre, il en sonne beaucoup dans *Chantecler* ; je
voudrais en citer, il m'en revient confusément ; la
crainte des dommages et intérêts n'arrête plus,
ils ne sont pas à redouter maintenant ; c'est la
crainte plus grave d'en agir mal à l'égard d'un
texte que l'on peut essayer d'apprécier, mais qu'il
ne faut pas trahir. Ces vers, vous les lirez demain,
et les ferez jaillir de la page, aussi aisément que les
poulets de Miremont choisissent la cicindèle

« Qui parfume le bec de rose et de jasmin. »

Mais ces vers ne vont pas seuls, il y en a d'autres, beaucoup d'autres qui appartiennent à la seconde veine de Monsieur Rostand et qui, (bien

particulièrement lorsqu'ils sont scindés, et outre
mesure, par le dialogue) emplissent l'esprit d'un
tel émiettement d'éclats, qu'il semble qu'on vient
d'y mettre des vitraux en pièces, qui blessent,
en les éblouissant, le regard et l'ouïe.

La mise en scène n'est pas pour dissiper cette
confusion ; il me paraît (mais cela est toujours
facile à dire) que si elle pèche, c'est, elle aussi, par
l'excès ; on aurait pourtant craint en faisant moins,
de ne pas sembler à la hauteur d'une aventure si
retentissante ; ç'aurait peut-être été la servir mieux ;
plus de simplification eût fait jaillir des détails
plus notables, dont beaucoup se trouvent noyés
par d'autres de moindre importance. Quoi qu'il en
soit, c'est, tel quel, un spectacle étonnant qui, je
le dis avec sincérité, me semble devoir obtenir le
concours de curiosité souhaité, par ceux qu'il regarde. Encore faut-il qu'une difficulté, pour eux,
non imprévue, mais qui, résolue dans un autre
sens, lui aurait sans doute grandement facilité la
besogne, ne vienne pas entraver la réussite ; cette
circonstance, c'est la forme donnée aux costumes,
cette quasi-naturalisation qui ne leur permet pas
de rester les mêmes pendant tout un acte ; que dis-
je ? toute une scène ; que sera-ce au bout d'une
semaine, au bout d'un mois, au bout d'un an, à

la fin d'un temps que, pour se montrer à la hauteur de la situation, il faut juger interminable ? Il est à craindre qu'une grande part des bénéfices de *Chantecler* ne s'envole en plumes, je ne dis pas en fumée. Au contraire, si, selon certain principe de l'art de Grévin, l'on avait découpé dans un drap fort, dans du velours et du cuir, des ailerons, des crêtes et des jabots, ils auraient ajouté à l'avantage de resservir indéfiniment sans se déformer, celui de donner aux personnages un aspect symbolique, mi-parti animal et humain, qui se serait parfaitement assorti aux façons de ces bêtes parlant argot ou parlant pathos, maniant le sifflet ou pinçant la lyre. Mais, encore une fois ce sont des appréciations personnelles que chacun est en droit de varier avec plus ou moins de raison.

Cette autre veine de Monsieur Rostand, appelons-la, si vous le voulez, maintenant, cette autre corde, pour le besoin de notre métaphore, elle grince singulièrement, et, bien entendu, de par la volonté du musicien ; elle grince d'une infinité de jeux de mots que les irrévérencieux (y en a-t'il donc ?) osent appeler calembours, coq-à-l'âne et calembredaines. Que le virtuose se complaise à les composer, cela ne saurait se discuter (autrement, il ne les réussirait pas si bien !) seulement, comme

il en comprend l'abus et escompte l'agacement
qu'ils causent à beaucoup, il s'avise d'un strata-
gème ingénieux qui lui permet de se livrer à son
plaisir en paraissant le désavouer. Il invente un
prête-nom, sorte de merle-émissaire du genre, auquel il fait porter le poids de tout l'à-peu-près
inimaginable, un Touchstone duveteux, un Beckmesser à plumes, car il y a beaucoup, pour l'aspect, de ce magister des tablatures, dans cet oiseau
qui ne va jamais au bout de son air, tout en
sifflant celui des autres. Jusque-là c'est fort bien ;
mais quel que soit l'espace laissé, fourni à toutes
les cabrioles du verbe, par le rôle continu de ce
bec-jaune, ce n'est point encore assez. Alors, le
coq, pour lui montrer que pouvoir le plus, c'est
pouvoir le moins, le parodie, lui donne la répli-
que et entame avec lui un duo dans lequel il a
le dernier, sur ce mode burlesque ; c'est à cette
minute, que, s'adressant à des coqs de l'Extrême-
Orient, il leur dit qu'il va leur rabattre le « kaké-
mono » ; bien qu'un peu tiré par où vous voudrez,
cela passe encore, puisqu'il s'agit d'une charge ;
mais, pourquoi les crapauds, eux aussi, modulent
ils sur ce ton, et parlent ils de « l'Été de la Saint-
Lamartine » ?

Ces réflexions, qui sont bien cursives, il faut les

borner, et en venir rapidement à la pièce, puis aux
interprètes.

★

Le sujet de celle-ci, du poème, de la comédie
et du drame, puisque c'est tout cela, on le con-
naissait vaguement ; ce qu'on en disait, même
beaucoup de ce qu'on en citait, s'est trouvé être
exact ; le fragment livré par *la Bonne Chanson*,
c'est le début, pas bien différent de la version définitive ; à cause de cela, on l'a mieux suivi, et,
sans doute, mieux aimé ; c'est un bel éloge que de
mieux apprécier en approfondissant. Donc, il faut
résumer vite : les poules picorent et jacassent, le
merle bavarde et bafoue, le chien jappe et s'insurge, contre l'état actuel des choses ; Chantecler,
le roi de la basse-cour, paraît ; tous veulent connaître le secret de sa voix et de son chant ; ce secret, il existe, mais le coq ne saurait le révéler.
Un coup de fusil, tiré par un chasseur invisible,
fait se réfugier dans l'enclos une faisane que le
Maître se prend à aimer et qui, petite Marion de
ce Didier empenné, le lui rend, quand elle l'entend dénigrer par les nocturnes oiseaux, que son
cocorico blesse et nargue. Ceux-ci conspirent contre

lui et se donnent rendez-vous dans le soir qui naît, pour jurer la mort de Chantecler.

Le second acte, c'est par ce rendez-vous qu'il débute ; les méchants nocturnes s'incitent à leur crime en échangeant des strophes, dont, j'y insiste, le pire défaut, auquel peut-être on remédiera, c'est que les masques, les voix, les échanges de répliques, en interceptent une grande partie. Éternellement sautillant, inconsistant et inconciliable, le merle assiste à tout cela sans jamais — c'est son châtiment — se voir pris au sérieux par personne. La voix lointaine de Chantecler met fin à cette conjuration de poltrons et de lâches, leurs yeux s'éteignent, ils s'enfuient ; le coq apparaît avec la faisane qui, peu à peu, lui arrache son secret : c'est à son appel, il le croit, que l'aurore se lève, et comme cet appel concorde sans fin avec le lever du jour, son illusion est indestructible ; alors, tous les coqs se mettent à chanter, quand ils sont bien sûrs que c'est le jour, mais la supériorité de Chantecler, c'est d'avoir eu le cœur, le courage, la foi de chanter « dans le noir », quand les autres ne se décident à chanter que dans le bleu et dans le rose.

Cette scène me paraît être la plus belle de l'ouvrage ; secondée par le décor profond qui, peu à peu, s'éclaire jusqu'à resplendir, elle mêle les nobles alexandrins aux jeux incandescents, à la fête de la vision, celle des écoutes. (1)

Malheureusement, le merle a tout entendu, caché dans un pot à fleurs, d'où il sort pour adresser au résurrecteur du jour, et sur un ton éternellement, odieusement plaisantin, des compliments ironiques et non sentis, plus encore qu'insincères. Celui-ci, d'un coup d'aile, l'emprisonne à nouveau sous le pot à fleurs, d'où l'insupportable fou de basse-cour regardait dans le sol par le petit trou noir; ce pot était couché, Chantecler, en le renversant sur la bestiole, change l'orientation du regard de celui qui y est enfermé, pour qu'il regarde le ciel par un petit trou bleu.

Le troisième acte, on le jugerait mis en scène par une Comtesse Mathieu de Noailles, amplifiée aux proportions des cerises ; à lui seul, il compose toute une pièce qui se pourrait jouer séparément ; c'est le *Monde où l'on s'ennuie* des volatiles,

---

(1) Cependant il y a deux choses qui me plaisent davantage ; la première, c'est l'énumération des éveils successifs et gradués qui suivent le grand réveil de l'aurore ; la seconde, c'est l'évocation de son propre idéal magnifié dans chacune des petites âmes de la forêt, par le chant du rossignol; tels sont, à mon avis, les deux plus poétiques apports de *Chantecler*.

bien que le *raout* admette aussi quelques quadru-
pèdes.

Une seconde audition a confirmé, pour moi,
l'impression de la *première* : la partie la plus cü-
rieuse de l'ouvrage, c'est — bien qu'il ait failli
compromettre la réussite — ce troisième acte, avec
son comique de *Cérémonie* Molièresque, rajeuni
et renouvelé. A part, m'a-t'on dit, certaines formes d'injustice dans quelques traits de satire (encore cela pourrait bien être l'avis des modèles, toujours sujets à caution et manquant d'impartialité),
la farce est on ne peut plus divertissante, et le rôle
de l'hôtesse, des plus spirituellement tenu, se déroule irrésistible.

Nous sommes au jour de réception de la Pintade, qui réunit, à son *five o'clock*, « près des cassis », tout le ban et l'arrière-ban des snobs de l'art
et de la littérature ; je ne sais si l'excellente hôtesse
a fait inviter d'illustres chantres décédés, par son
pintadeau de chambre, mais ils passeraient ina-
perçus, au milieu de tout ce froufrou de coqs et
de cochets rastas et ratés, de cygnes noirs savants,
de doctes canetons, de jars discoureurs et de din-
donneaux poètes. Tout ce monde marche sous la
conduite d'un paon esthète, dont le personnage,
à la fois somptueux et grimaçant, nous offre ce

désagréable spectacle de faire dire des bêtises à quelqu'un de beau. Je sais bien que la chose est conforme à ce qu'il est convenu de prêter au traîneur
d'œillades ; et pourtant, sa monotone et perçante
façon d'appeler indéfiniment un ami ou une rime,
fait tellement corps avec l'atmosphère du jardin, que
celui-ci souffrirait d'en être privé. Les deux syllabes
du cri nasillard et déchirant s'ouvrent et se refer-
ment comme les deux branches de badines qui
serreraient un tison et le laisseraient tomber en
une escarboucle de plus ; tandis que les stupidités
prétentieuses, clouées par l'écrivain dans le bec de
l'emblème de Junon s'accordent mal avec le manteau tout, et tout de même, de splendeur, que tisse,
à l'oiseau d'émail, son plumage qui regarde sans
voir. L'acteur qui joue ce rôle le joue bien ; il
détache, il décoche du ton aigre et pincé qu'il faut,
les arbitraires inepties qu'on lui fait dire, avec
une arrogance qui ne va pas sans élégance, et
une vanité qui n'est pas sans beauté.

Tout cela, c'est l'épisode, la trame se poursuit ;
Chantecler survient, à contre-cœur, amené par le
désir de rencontrer sa belle ; bien entendu, il dit
son fait à chacun, en oubliant le sien, bien entendu, encore ; sans quoi, il ne manquerait pas
d'ajouter, s'il était sincère et clairvoyant, que sa

tirade aux coqs étrangers est le plus étrange charivari de sonorités incohérentes qui ait jamais of-
fensé des oreilles humaines, qu'elle gâte l'ouvrage,
et que, si l'on en exemptait celui-ci, ce serait
lui rendre service, et à son auteur. S'il consentait
encore à se dire une de ces vérités qu'il ne mar-
chande pas aux autres, peut-être serait-ce celle-ci
que

    « Sa cape qu'il retrousse avec une faucille »,

il la retrousse, parfois avec un rasoir ; mais le
brave Chantecler, quelquefois inspiré, quelquefois
non, n'y regarde pas de si près ; « moi seul et c'est
assez », paraît être son cri, qu'il pousse durant quatre actes. Il se joue à lui-même le *Renard et le Corbeau*, qui tiennent tous deux dans son orgueil; sous
l'action des compliments qui montent, le corbeau
laisse tomber son fromage, qu'il rattrape et gobe,
aux regards de son thuriféraire stupéfait et un peu
déçu.

    Quoi qu'il en soit de sa voix, le Coq l'a mo-
mentanément perdue en écoutant les sornettes du
« cinq heures » piaillant, jabotant et cancanant ;
il le quitte, il le fuit, après avoir manqué y laisser ses jours dans un combat singulier et traîtreux
avec un rival de lutte ; et la Pintade, sans souci

des rixes et des ridicules qui se donnèrent cours à
son jeudi poétique, déclare que jamais on n'en
vit de plus réussi entre les cassis des Deux-Mon-
des.

Le dernier acte nous conduit dans la forêt, au
tomber du jour ; les petits oiseaux invisibles y chantent leur prière du soir en l'honneur de Saint-
François d'Assise, le seul des humains qui les ait
appelés *frères* ; Chantecler arrive, entraîné par la
Faisane qui le veut pour soi seule, étant jalouse de
l'Aurore ; les crapauds s'approchent ; ils viennent
rendre au Coq un hommage détourné et vil, en
haine du rossignol qui va préluder et dont la voix
est, pour eux, aussi blessante que celle du coq,
pour les nocturnes ; lui, ne demande pas mieux
que de les croire, et de s'asseoir à la table ronde
de ces chevaliers pustuleux, laquelle n'est qu'une
fausse oronche ; tout à coup *Luscinia* prélude, et
les premières notes éclairent l'invité sur le crime
qu'il allait commettre, en s'associant à ceux qui ja-
lousent l'harmonie.

Celle-ci, je l'avoue, ne m'a point paru être ce
que j'attendais de Monsieur Rostand, à cette minute ; je ne doute pas qu'elle ne nous semble jolie,
quand nous allons la détailler, mais enfin, elle ne
nous fera oublier ni « le plus chéri des oi-

seaux » d'Aristophane, ni le bulbul de Lamartine,
« le bulbul à la liquide voix,

Dont le chant qui ruisselle arrose le silence » ;

ni le rossignol de Chateaubriand, qui « se charge
de cette partie de la fête qui doit se célébrer dans
les ombres », ni même le gentil rossignol de Musset qui ne se met en frais de trilles que pour la
rose.

Nouveau coup de feu ; celui-ci tue le coryphée
nocturne ; et Chantecler, en le pleurant, déçu par
la ruse de la Faisane, ne s'aperçoit pas que le jour
se lève, s'est levé sans lui, et que la voilà morte,
l'illusion qui l'attachait à la vie. Mais non, son
orgueil lui rend cette foi mensongère : si le jour se
lève, c'est parce qu'un peu du cocorico de la veille
est resté dans l'air. Alors, à la même place où le
rossignol tué ravissait tout à l'heure, un autre rossignol se remet à charmer et cet exemple invite
Chantecler à regagner le poste qu'il n'aurait jamais dû déserter, pour l'Étrangère qui ne sait pas
s'immoler à l'œuvre de celui qu'elle aime.

★

Tel est, en quelques lignes, le bref résumé de ce
long ouvrage ; l'interprétation maintenant. Il a été
écrit à l'intention de Coquelin, qui vécut et mourut pour l'œuvre. Qu'en aurait-il fait ? On peut se
le représenter. Monsieur Guitry, une fois de plus,
s'y montre admirable ; dire que son beau masque
tour à tour césarien ou plébéien, paraisse aussi à sa
place et à son aise, entre les mentonnières et la
crête de pourpre de l'oiseau fameux, que sur le
cache-nez de Crainquebille ou dans les vêtements
des héros de Monsieur Bataille, ce ne serait peut-
être pas tout à fait exact ; et pourtant, si nous vou-
lons ne pas nous montrer inhabiles au jeu des pro-
babilités, nous ne *devons* pas supposer que ces vê-
tements-là, il puisse échanger contre eux, avant
des mois, avant des ans, son habillement de plumage. Je me demande néanmoins si Monsieur
Guitry ne les regrette pas un brin, dans sa souple
armure de fer et de flamme ; on le croirait parfois,
quand il laisse se poser un vers qui allait planer et
que, regardant Madame Simone, il paraît se demander si ce ne serait pas Madame Bady, qui aurait changé de visage. Ce visage (qui ne fait point
oublier l'autre), il est charmant ; c'est une joie de
la pièce. J'avais gardé, de Madame Simone, le souvenir d'une gracieuse et brillante hôtesse, je ne

l'avais jamais vue à la scène ; je ne pense pas que
ce rôle soit, de ceux qu'elle aura joués, le plus
approprié à ses moyens dramatiques ; je suppose
même le contraire ; mais son masque fin et menu
est merveilleusement adapté à la figuration qui
l'a désignée et qu'elle a choisie. C'est le propre
masque de l'oiseau vert *Asfir*,

« Qui becquète la mouche au pied des dromadaires »

dans les vers d'Hugo ; c'est encore le masque de
tous les oiseaux à tête humaine de la légende,
Anfir, la huppe de Balkis, *Yafour*, celle de Salomon et l'oiseau *Simorg-Anka*, posé sur le parasol
vert orné de clochettes, que porte la Reine de
Saba de Flaubert, au-dessus de ses cheveux pou-
drés d'azur ; on dirait un bijou de Lalique, de
ceux qui sont le mieux réussis. La voix est d'une
musique pénétrante, surtout aux moments où elle
ne s'enfle pas de trop de lyrisme. La Pintade,
Madame Leriche est fort amusante, toute prête à
envoyer sa « prière d'insérer » à Madame Estradère
de Mésagne. Monsieur Jean Coquelin, excellent
à son habitude dans le prologue et dans tout le
rôle du brave Patou, nous a fait penser, avec émotion, à Celui qui n'était pas là. Quant à Monsieur
Galipaux, n'oublions pas qu'il fut l'Anatole de

Manette Salomon ; il a transposé, dans le rôle de ce nouvel Anatole à plumes, la verve gouailleuse qu'il déployait dans l'ancien. Son rôle est le plus étendu, avec celui de Chantecler ; il me semble impossible de l'émettre d'un bec plus narquois et de le danser d'une patte plus alerte.

L'auteur de *Chantecler*, j'ai lu cela, aurait, dit-on, affirmé dans une *interview*, que ce personnage le mettait en scène ; allégoriquement, cela va de soi, comme celui de Walter, des *Maîtres Chanteurs*, peut être tenu pour une incarnation de Wagner. Chantecler nous a dit son premier secret ; le second, c'est celui de la modestie de Monsieur Rostand : *Habemus confidentem reum* ; le merle dirait *deum*. Ce mot me fait penser à certain souvenir de Heine qui raconte qu'ayant, un jour, décidé d'être dieu, ce qui, à l'égard des autres hommes, aurait été tenu pour une *malice*, se trouvait, du fait de cette divinité, devenir, envers lui, un sacrilège ; mais il ajoute : « la pension du Roi Louis-Philippe venant à manquer, ma divinité s'écroula misérablement. »

C'est fort spirituel, mais non moins inexact. La

véritable divinité de l'auteur de l'*Intermezzo*, celle
qui n'eut rien à voir avec la royale pension, n'est
pas écroulée, elle ne s'écroulera jamais. L'or, celui qui n'est pas « de bon conseil », selon la propre et belle expression de Monsieur Rostand, ne
représente ni le côté *sérieux*, ni le côté *intéressant*
des divinités artistes ; s'il en entre quelque peu,
à ce qu'on prétend, dans la divinité de l'auteur de
Chantecler, ce n'est d'abord pas par celle-là qu'il
restera dieu, s'il le reste ; mais, cependant, comme
pour tremper dans l'olympienne ambroisie, un
peu de « galette » ne gâte rien, celle de Messieurs
Fasquelle, Baschet et Lafitte m'inspirerait plus de
confiance que la fugitive pension du bon Roi Louis,
dont le masque fut piriforme.

C'est une joie d'intelligence, quand elle est secondée, par une sincérité de cœur et quelque luci-
dité d'esprit, que de raisonner, pièces en mains,
sur le pour et le contre, le fort et le faible, en un
mot sur le pourquoi d'une aventure si retentissante ; aussi bien, le moment est peut-être venu
de causer un peu ; l'analyse de la pièce n'étant
plus à faire, voici l'heure d'analyser la forme prise
par la réalisation.

L'autre soir, il nous pleuvait, dans les oreilles, des alexandrins et des octosyllabes qui nous fuyaient ensuite ; aujourd'hui nous en tenons une bonne part dans les citations de la presse ; un peu plus tard seulement, Monsieur Baschet, puis Monsieur Fasquelle livreront le stock ; opérons sur ce qui nous est dévolu.

Il y a quelques semaines on nous représentait l'auteur, énervé au point de s'asseoir sur une table et de casser une chaise, et laissant tomber du Sinaï de l'Étoile ou de l'Olympe du *Majestic*, une parole moins majestueuse, plus humaine ; il disait : « ma pièce demande à courir sa chance, comme toutes les autres » ; à la bonne heure, voilà qui s'appelle parler ; cette chance, il l'a courue, et la court encore ; on peut donc, ce n'est pas sans intérêt, rechercher les causes qui rendent cette victoire artésienne, et, sur de certains points, partielle.

La première de ces causes, un enfant la verrait, et un enfant qui n'aurait ni la précocité, dont le jeune Edmond dut émerveiller les auteurs de ses jours, ni celle dont ses rejetons ébahissent, à leur tour, leurs procréateurs ; non, un enfant comme tous les enfants. Cette première cause, c'est la différence fondamentale qui existe entre l'apport

spontané, frais éclos et quasiment gratuit, d'une
commande *qui n'a jamais été faite*, et dont la livrai-
son dépasse toutes les espérances ; puis, au contraire, la remise lente comme à plaisir, différée,
difficultueuse comme à souhait, d'un achat réglé
d'avance au taux maximum et demeuré indéfiniment en perpétuel essayage, avec tout l'agacement
des reports et des faux départs. Le public est un
client à deux visages, comme Janus ; le premier,
celui de l'auditeur reconnaissant jusqu'à l'efferves-
cence et à la tendresse, d'une aubaine inattendue,
j'ai nommé l'auditeur de *Cyrano ;* l'autre, le monsieur grincheux jusqu'à l'aigreur et à l'injustice,
vous reconnaissez l'auditeur de *Chantecler.*

D'autres motifs de désaffection et d'énervement,
dans le public, sont plus spécieux ; c'est un peu
délicat de les indiquer ; mais tout peut se faire avec
politesse. Le premier de ces seconds motifs, c'est,
sans doute, quelque chose que j'appellerais volontiers : *la participation aux bénéfices de la notoriété,*
ou, plus brièvement, si vous l'aimez mieux, la
coopérative de la gloire ; j'entends l'entrée en lice,
chaque fois qu'il était question d'apprécier un fait
ou un geste de Monsieur Rostand, d'une si grande
quantité de faits et de gestes de ses ascendants,
associés et descendants, que la masse d'attention

et d'admiration disponibles se trouvait divisée jusqu'à l'éparpillement, et finissait par se sentir si
pauvre, devant tant de narines, qu'elle prenait le
parti de laisser reposer son encensoir, auquel le nez
tout entier de Cyrano, résultant de cette collaboration nasale, venait de donner tout d'un coup les
dimensions d'une cassolette.

Cette réflexion que tant de gens, pour ne pas
dire presque tous, n'ont pu manquer de faire, j'y
reviendrai, sur le point où ayant pris les allures
les plus gourmandes, elle autorise des réclamations
en apparence justifiées ; mais franchement et, par
ailleurs, quel besoin, parce qu'il s'agit de célébrer
un poète dramatique, de s'entendre vanter la struc-
ture des « habitations à bon marché » ou parler
du « Comptoir d'Escompte » ?

« La réputation commence avec la vie » a écrit
Madame Valmore. Ce vers s'applique, entre tous,
à Monsieur Rostand qui représente, à jamais, pour
les siens, avant de le figurer pour le monde, l'é-
lève très fort, le coq (déjà !) du palmarès, le lau-
réat du prix d'honneur, celui dont les camarades
aiment mieux s'enorgueillir que de le jalouser,
quand il rentre dans les rangs, tout verdi de couronnes en papier, qui plus tard, deviendront soyeu-
ses au col d'un habit, tandis que sa famille, autour

de lui, fait jabot, comme si la distribution avait lieu dans les carrés du potager de *Chantecler*.

De telles minutes initiales laissent des traces indélébiles comme des empreintes. Monsieur Rostand a transposé, mettons à la millième puissance, si cela vous suffit (et si vous le préférez, à la cent millième, avec la faculté d'augmenter autant qu'il vous plaira) il a transposé, pour soi, et pour les siens, dans son développement, cette attitude de son début, il reste et restera le coryphée d'une institution, laquelle s'est haussée jusqu'à devenir l'Académie, tandis que le Professeur s'était amplifié jusqu'à se transformer en Victor Hugo. Jugez des proportions qu'avait prises l'élève, aux reregards duquel tout revêt l'aspect d'une composition de rhétorique et d'un sujet de Grand Concours. Hier, Cyrano, l'Aiglon, la Samaritaine, et demain, pour que la ressemblance avec son Maître soit plus complète, un des deux héros par lesquels Veuillot reprochait à Olympio de se laisser inspirer : « Polichinelle et Garibaldi ».

Et toujours la pile de *prix* (je parle sans jeux de mots) vient récompenser le triomphe scolaire ; autrefois, c'étaient les livres aux tranches dorées, aux plats estampés de lauriers qui se croisent ; maintenant, ce sont des livres encore, mais les propres

livres de Monsieur Rostand, le tirage à huit cent
mille de Monsieur Fasquelle ; la récompense reste
la même, mais l'échelle y est bien.

Oui, Monsieur Rostand nous apparaît toujours
comme le grand, si vous le voulez, l'énorme rhétoricien, le jongleur de tropes, qui s'amuse, qui se
joue de toutes les difficultés, de toutes les impossi-
bilités verbales. La note dont il est de tradition de
croire que Mozart la fit, une fois, avec son nez,
dans une minute de difficulté et d'espièglerie, Monsieur Rostand la fait, presque tout le temps, et
avec tous les nez du couplet des nez de l'homme
de Bergerac.

Mais, vraiment, gratter Monsieur Rostand, pour
trouver le *rhétoricien*, il n'y faut pas grande malice ;
nous avons mieux ; je veux parler du *mathémati-
cien* qui se cache sous le rhéteur ; cela est plus subtil, mais non moins vrai. J'entendais, un jour, un
fin critique prononcer le nom d'Inaudi, à propos
d'un écrivain de ce temps ; la comparaison, suivant moi, n'était pas tout à fait exacte, en ce qui
concerne l'auteur qui l'amenait, tandis qu'appli-
quée à Monsieur Rostand, elle se vérifie. Certes,
il y a du don naturel de l'homme qui fait, de mémoire, les plus avaricieuses soustractions, les addi-
tions les plus profitables, les multiplications les

plus avantageuses, les divisions les plus intéressées,
en un mot, de tête, sans blanche craie et sans noir
tableau, tous les calculs les plus forcenés, et jamais exposés au terrible « il faut qu'il recom-
mence ! » de Banville ; il y a de cette prodigieuse
désignation pour et par le nombre, dans l'arithmé-
tique des syllabes dont nous étonne le père du
merle Galipaux, à laquelle il ajoute une algèbre de
rimes occupée à chercher l'x du scops et l'y de
Kakatogan (1), sans oublier une géométrie toujours
prête à résoudre le carré de l'hypoténuse du
verbe et le pont-aux-ânes des métaphores.

Lisez l'engueulade du Coq au Merle, publiée par
le *Matin* ; à ce point de vue, elle est extraordinaire. Je l'ai dit d'ailleurs, ce dernier rôle peut
être tenu pour un alibi qui permet à l'auteur de
désavouer cette portion de son caractère. Les morceaux reproduits par le *Figaro* et par le *Gaulois*,
d'un lyrisme moins trépidant et plus grandiose,
n'en continuent pas moins d'obéir à ces lois de

(1) Le perroquet-poète, toujours à la recherche d'une rime nouvelle, dans le « Merle Blanc » de Musset.

mathématique verbale qui, même dans les meilleures minutes, paraissent toujours maintenir au mètre de Monsieur Rostand, quelque rapport avec le système métrique. C'est inexorable et par suite un peu opprimant. Il y a une *preuve*, à la fin de chaque rime, un *axiome*, à l'extrémité de chaque tirade, et un *C. Q. F. D.* au bout de chaque morceau.

« Les raisins de Paris sont des grappes de bulles... »

dit Chantecler, dans une de ses apostrophes et l'un de ces vers bibelots où il excelle ; les grappes de vers de Monsieur Rostand ressemblent à ces bulles-là, mais ce sont des petits ballons multicolores, retenus au sol par un fil, quand ils allaient s'élancer vers le ciel.

J'aimerais bien, (je le désire même tellement que j'espère l'obtenir) ne pas faire ici la sotte figure d'un modeste confrère vaniteux que trouble bêtement la fulguration d'un grand premier rôle; il n'est question, depuis quelques jours, que de crapauds baveurs, et de hiboux envieux, sans compter le reste ; je note que la chauve-souris, bien que nocturne, a été exemptée de ce symbolisme haineux ; elle le mérite par sa persistance à sortir de l'ombre pour admirer les flambeaux. Mais enfin, une chauve-souris, à cette heure de métamorphoses, en peut subir de singulières ; quelqu'un faisait dire, l'autre jour, à Monsieur Rostand, dans une *interview*, qu'il sentait les chacals s'approcher dans l'ombre ; on peut supposer qu'il voulait parler des critiques ; or, deux directeurs, que je me plais à croire avisés, m'ont chargé de cette mission, et je souhaite donner raison à leur choix en témoignant de quelque sagacité, unie à plus de courtoisie. Et puis, je me souviens du « ne forçons point notre talent » ; les chacals, certes, c'est déjà beau, mais il y a mieux. Aux heures graves de l'inondation, un journal écrivait sérieusememt, parlant du Jardin des Plantes : « on craint que les crocodiles ne s'échappent ! » Il y a eu la tigresse de Marseille ; celle-là se serait, sans doute, montrée tendre pour Monsieur Rostand, mais que serait-ce, auprès des crocodiles de Paris, et que ceux-ci transposés dans l'ordre de la *confraternité littéraire ?...* Notre ambition, notre pouvoir ne va pas jusque-là d'appliquer à un tel Tamino, la première indication de scène, qui m'a toujours fait frémir, dans l'étonnant livret de la Flûte Enchantée: « il entre, poursuivi par un crocodile ». Il faut se résigner, n'est pas crocodile qui veut ; contentons-nous donc de remplir, de notre mieux, notre métier de chacal.

Les deux morceaux qu'il est déjà de mode de vanter comme les meilleurs de l'ouvrage dont nous nous entretenons, sont, l'un, celui que l'on nomme « l'Hymne au Soleil » et, l'autre, celui que l'on pourrait appeler la *révélation du secret* ; ce dernier me paraît infiniment, j'ose dire qu'il est infiniment supérieur à l'autre, pour des raisons qui n'échapperont pas, un instant, à ceux qui savent lire, mais parmi lesquelles il en est une qui a son importance. Il faudrait être de mauvaise foi pour incriminer Monsieur Rostand, de plagiat, et, j'ai du moins ceci pour moi, je suis de très bonne foi ; ce n'est donc pas cela que je veux dire. Non, seulement l'écrivain possède l'œuvre de son Maître au point d'en être évidemment imbu et pénétré, saturé jusqu'aux moëlles ; il lui arrive alors volontairement, ou non, d'y faire allusion et d'en varier les thèmes, au cours de ses propres vocalises ; c'est ainsi que ce fameux *Hymne au Soleil*, contient, à lui seul, trois rappels de l'œuvre de Victor Hugo, deux tout à fait flagrants et un troisième un peu plus distant.

Il est probable que le plus beau vers de Victor Hugo est celui-ci parlant du *Cœur de la Mère* :

« Chacun en a sa part et tous l'ont tout entier. »

Or, voyez à la deuxième strophe de l'Hymne, la lumière qui

> « Se *divise* et demeure *entière*
> Ainsi que *l'Amour Maternel*. »

Quatrième strophe :

> « Tu fais un *étendard* en séchant un torchon ! »

Comment ne pas penser aux « Choses écrites à Créteil », à la « femme qui, dans la Marne,

> Lavait des *torchons radieux*. »

Septième strophe :

> « A chaque objet donnant une ombre
> Souvent plus charmante que lui. »

Bien que plus dissemblable, cela ne vous fait-il pas penser à ce vers d'Hugo, dont je m'excuse de citer, de mémoire, peut-être inexactement, le premier hémistiche ?

> « Et le jour est si blanc que les ombres sont roses. »

Soit dit en passant, je sais quelqu'un qui a fait, il n'y a pas longtemps, un hymne au Soleil, vraiment très beau ; personne n'en a rien dit.

L'autre morceau, du moins à ma connaissance,

n'est pas gâté par de telles similitudes et c'est une des raisons de sa supériorité.

Je ne pousserai pas beaucoup plus loin ce petit jeu qu'il suffit d'indiquer ; j'aurais grand honte de ressembler à l'homme décrit par Hello, et dont j'ai eu, « moi-même chétif », quelquefois à me plaindre, celui « qui compte avec soin les virgules dans l'espérance qu'il en manque une ». Non, l'œuvre d'Hugo est le *substratum* de la pensée de Monsieur Rostand, et c'est une des meilleures raisons de la beauté de cette pensée. Or, l'œuvre d'Hugo, je la connais — je l'ai surtout connue *assez bien* — mais je laisse à d'autres, plus familiarisés encore avec elle, le soin de poursuivre, si elle les amuse, une recherche qui, redisons-le, n'a rien de déplaisant pour personne. Monsieur Rostand prend ses images où il lui. plaît ; s'il les renouvelle avec ingéniosité et brio, qui pourrait s'en plaindre ? Ni l'Aieul qui sourit, au contraire, du fond de l'ombre, à voir renaître, selon sa belle expression, « plusieurs petits fantômes de lui-même », ni le public heureux de choyer sur l'arbuste, après les avoir admirées sur l'arbre, des flores aux coloris consanguins, aux parfums amis ?

Encore, une de ces fleurs doubles : vous vous souvenez du *peigne* de bois

« Qui garde entre ses dents les *cheveux des pelouses* »,

dans le drame de Monsieur Rostand. Il me plaît
tout autant que ces arbres qui, dans tel poème de
Victor Hugo, « se font signe de loin

Joyeux d'avoir *peigné* les *charrettes de foin.* »

Et puis, il y a les rencontres des beaux esprits,
dont il faut tenir compte.

Quand le canard donne sa raison de ne pas aimer
le coq, parce que n'ayant pas de toiles entre les
doigts,

« Il fait en marchant des étoiles »,

une telle raison, qui est laide d'inspiration, est belle
d'apparence. La preuve, c'est qu'elle nous fait penser au vers de Gautier :

« Les pas *étoilés* des oiseaux ».

Enfin, quand le bon Patou risque cette appréciation sur le vêtement du merle :

« Être noir, c'est avoir, à coup trop sûr, du goût » ;

cela ne vous fait-il pas aussitôt ressouvenir d'avoir

lu, dans Balzac : « le noir, l'éternelle élégance des gens qui ne savent pas s'habiller » ?

Je voudrais bien aussi, en faisant ces réserves, ne pas être accusé de *manquer de patriotisme.* Car cette plaisanterie a été faite, et cela, c'est vraiment le plus extraordinaire de ce dont nous a offert l'étonnement, ce *processus* extraordinaire. Je pourrais citer un article, signé d'un nom connu, où cette nuance s'accuse, et j'en ai lu d'autres ; cela mérite qu'on s'y appesantisse ; essayons de le faire sans trop de lourdeur. Qu'est-ce que cela veut dire ? En quoi le patrimoine national d'un passé d'art magnifique, et d'un riche présent littéraire, serait-il atteint, parce que le dernier chef-d'œuvre de Monsieur Rostand ne le serait pas au premier chef, puisque le bagage de Monsieur Rostand lui-même n'en serait pas diminué ? Ce dernier retournerait tout simplement dans sa solitude, peuplée et meublée, je veux le croire, sans plus d'émoi, et se remettrait au travail ; cela lui est arrivé déjà ; sa cantate de Compiègne a fait sourire, dans un sens qu'il n'avait pas prévu ; cette mésaventure ne l'a pas empêché de composer un beau poème sur l'enfance de Victor Hugo, avec lequel il a, sans doute, au contraire, voulu dédommager et qui, je crois bien, représente le plus important du fonds

extrêmement restreint, en tant que *poète*, de cet
auteur qui (dix-huit, sur vingt, paraissent l'oublier)
est un *auteur dramatique*.

Tout le monde peut se tromper, ce qui n'est
d'ailleurs pas tout à fait le cas. Le célèbre résurrecteur de Cyrano vient de donner un nouvel ouvrage
que les uns jugent inférieur aux anciens, les autres,
supérieur, excellente façon d'indiquer qu'il se main-
tient ; cet ouvrage, s'il se déroule en une forme
qui paraît être irrenouvelable, offre au moins du
nouveau dans sa donnée, c'est donc *mieux*. Monsieur Rostand peut rentrer joyeux dans son Arnaga,
sur son triomphe moyen ou, s'il l'aime mieux,
comme je le ferais, moi, sur sa magnifique défaite ;
mais y fût-il rentré, battu et sifflé, son contentement n'aurait pas dû sembler moindre et, le *pedi-
gree* de l'art Français, pas davantage ; pas plus que
le trésor de l'art Italien ne paraît amoindri, quand
un drame de d'Annunzio ne rencontre pas chez ses
compatriotes le succès attendu, pas plus que la belle
gaîté de Monsieur d'Annunzio lui-même, que la
lutte exalte et féconde.

Quelques exemples ; un, d'abord, parmi tous,
notable : Monsieur Anatole France, qui a écrit le
Chantecler des Pingouins, enchaîné des contes
excellents, fait sourire la philosophie de Bergeret,

10.

employait, en outre, plus de vingt ans de son existence à tramer une tapisserie héroïque pleine de
heaumes et de cuirasses, de lances et d'épées, de
bannières et d'oriflammes, laquelle se déroule
comme des *Arazzi* et nous fait revivre la vie d'un
siècle lointain comme si elle était d'hier ; Monsieur
France, il y a quelques mois, est allé parler de
Rabelais, aux Argentins, un événement qui aurait
pu passer pour *national*. Le fait n'eût-il pas dû sembler, à beaucoup, plus important que la première de
Chantecler ? Il est demeuré quasiment inaperçu,
dans une proportion qu'on n'aurait pas cru possible. Un jeune secrétaire, qui faisait partie du voyage,
a d'abord envoyé, de quelques escales, des notes de
route que plusieurs, parmi lesquels je me range,
suivaient avec passion ; ces notes elles-mêmes ont
cessé, dans le moment où elles devaient conclure ;
je n'ai rien vu d'autre, et j'ai cherché ; poursui-
vons.

Voici maintenant Monsieur Bataille. Gardons-
nous de nous permettre l'exercice qui consiste à
jouer aux prix d'excellence, et de supputer si ce pen-
seur amer et tendre, cet artiste émouvant et raffiné,
est, ou non, le premier des auteurs dramatiques
contemporains ; il occupe une place unique, cela
lui suffit. Eh bien ! nul n'ignore, à commencer

par lui-même, que *Poliche* n'a pas remporté le vif
succès de *Maman Colibri*, et que *La Marche nuptiale*
n'a pas atteint le triomphe de *La Femme Nue* ou
du *Scandale*. Je ne pense pas que ces divers étiages
du goût public, aient le moins du monde affecté
Monsieur Bataille, et je m'honore de le connaître
assez pour ne pas douter qu'il ait même cette élégance de ne pas chérir davantage un ouvrage qui
ait moins réussi ; non, il va son chemin, poursuit
son œuvre et sourit doucement. Et il y en a d'autres, plusieurs autres, qui font de même dans
le patrimoine de la littérature. Monsieur Loti
ajoute à ses antérieurs prestiges, ce tour de force
de donner, en pleine maturité, d'une carrière de
rêve, un livre de sociologie Orientale, lequel se
trouve annoncer presque prophétiquement ce qui
allait advenir. Monsieur Barrès parachève avec
une magnificence voilée, une œuvre pleine de
poésie et de pensée, de force et de charme, de
délicatesse et de profondeur. Monsieur Mirbeau,
s'il n'a pas connu avec *Le Foyer* (écrit en collaboration avec Monsieur Natanson) une faveur tout
à fait égale à celle qui accueillit sa pièce précédente, aura du moins su associer à ce beau succès,
plusieurs victoires ayant bien leur prix, rempor-
tées contre la mauvaise volonté et les mauvaises

querelles ; et, entre temps, il produisait un livre étonnant, lequel montait aux nues. Monsieur Hermant, lui, a donné, dans la *Discorde,* après tant d'écrits prestigieux, sans doute, le roman le plus étonnant qui ait paru depuis bien des années ; Monsieur Paul Adam poursuit, aussi, lui, son cours égal de fleuve, qui n'inonde pas, mais roule, calme, des reflets de paysages et de ciels, de cités et d'âmes. Monsieur de Curel se tait, mais on respecte ce silence d'où l'on sait, l'on sent qu'il doit sortir de nouvelles paroles qui trouveront leur voie. Monsieur Lavedan prouve qu'on peut rencontrer un parfait écrivain et un vrai lettré dans les Jardins d'Académus, et Monsieur de Porto-Riche témoigne qu'il n'est nullement impossible d'admirer, hors de ces mêmes jardins, un auteur auquel l'art dramatique Français doit du meilleur de ses flores. Tout cela, et beaucoup d'autres choses, certes, grossit le patrimoine national, assez constamment, pour que même un à jamais improbable insuccès de Monsieur Rostand, ne fasse vraiment rien. Becque n'a guère connu que l'insuccès et on sait la figure qu'il fait dans le marbre de Monsieur Rodin et le patrimoine national.

A propos d'aucun de ces écrivains, et je les en félicite, on n'a écrit qu'un fléchissement momentané de leur production, attenterait au lustre d'un pays dont la littérature, il me semble, ne leur doit, pas moins qu'à Monsieur Rostand, de grâce et d'actions de grâces.

★

On sait aussi d'où cette prédilection presqu'unanime est venue au méridional aède : on lui a su gré de la résurrection du panache qui s'est regreffé sur la plume des *Trois Mousquetaires*, laquelle je ne dis pas fléchissait, mais manquait de brins.

C'est alors que prit naissance l'essai de coopération familiale dont nous avons parlé, tentative bien intentionnée, je n'en doute pas, ingénue, mais peut-être abusive et, finalement dangereuse, tout un groupe convaincu d'ajouter à l'éclat de l'astre central, avec son propre rayonnement, et ne faisant que détourner l'attention, sans profit pour personne ; le beau vers de Victor Hugo que Monsieur Rostand a varié, et que nous citions plus haut, toute une pléiade paraissant l'appliquer au succès, dont on prend sa part, sans le diminuer ; et tout ce monde *pipeautant* à qui mieux mieux, un verbe que ne saurait juger non grammatical,

l'auteur qui vient de doter notre syntaxe du verbe
« moineauter ».

Il en résulte, pour nous, une minute et une tâche délicates, celles de parler d'un personnage qui
joua le premier rôle dans ce second plan, trop souvent peut-être avancé au premier. Quand on songe,
en effet, au nombre de portraits publiés, de
Madame Rostand (sans nul doute arrachés aux
photographes, malgré les résistances du modèle)
et que les traits de Madame Michelet, qui écrivit
une partie de l'admirable *Montagne*, nous demeurent pour ainsi dire inconnus, tant de collodion
peut sembler intempérant ; mais le daguerréotype
a marché. Heureusement, Rosemonde Gérard
étant femme de lettres, on est en droit de parler
d'elle sans manquer de réserve.

« Quels mots effeuiller aux pieds de Madame
Rostand ? », écrivait, l'autre jour, un thuriféraire,
ce semble, emballé ; mais, j'imagine, si l'on veut
qu'ils ne déplaisent point à une personne qui
doit s'y connaître, des mots qui ne fleurent pas
ce fumet douceâtre ; un peu plus de menthe sauvage et de citronnelle.

Aussi bien, viens-je de lire, de l'auteuresse des
Pipeaux, une *interview* qui me paraît très supérieure aux strophes en l'honneur des « Gros Din-

dons » et des « petits canards frétillards » qui
« gougloutent » ou cancanent sur tant de maga-
zines, et font obstinément cortège, au cours de
bien des pages, aux « cochons roses » d'un illustre époux, donc, bien longtemps avant *Chantecler*, occupé à suivre les ébats du bétail, dans des
solitudes champêtres. Tout du long de cette *interview* (et je n'en doute pas, en toute sincérité
d'esprit), Madame Rostand parle comme si elle
était la femme de Shakespeare. Au reste, s'il existe
une personne chez laquelle une telle opinion
puisse ne pas paraître exagérée, n'est-ce pas bien
celle-là ? Elle avance, elle affirme que, pour sa
part, si la chose avait été nécessaire, elle aurait
tout fait pour détourner Monsieur Rostand du
triomphe retentissant et facile que lui aurait assuré
une réapparition portant un drame de cape et
d'épée ; non, elle préfère lui voir obtenir, d'éléments nouveaux, une approbation moins universelle; il n'est personne qui ne doive rende justice
et hommage à une telle façon de penser.

Afin de ne pas paraître trop restrictif, citons
maintenant quelques *opinions de presse*, choisies
entre celles qui ne manquent de mesure, ni dans
le dosage de l'encens, ni dans celui de l'absinthe.

Nous avons lu des félicitations officielles, d'au-

tres officieuses, les premières dénuées de persua-
sion, les secondes de retenue ; au-dessus d'elles, à
son habitude, Monsieur Léon Blum a su exceller
en mêlant l'équité à la bonne grâce. Si je fais choix
de brèves citations dans un des innombrables écrits
qui sont venus déferler sur ce rivage ornithologi-
que, c'est qu'elles me paraissent contenir, sans
doute avec un peu de rudesse, préférable à d'écœu-
rantes fadeurs, quelques graines de vérité à picorer
en passant. L'auteur de l'article parle de la façon
dont l'interprète actuel du rôle de Chantecler lance
« telle tirade d'un *gongorisme insupportable* qu'aurait fait applaudir, prodigieuse et roublarde, la
verve d'un Coquelin aîné » ; et il ajoute, songeant
à d'autres rôles joués naguère par le Coq d'aujour-
d'hui : « la prose qu'il disait alors était plus large,
plus chargée d'humanité, de tendresse profonde,
que les vers d'un *lyrisme facile* et d'un *comique labo-
rieux* de Monsieur Edmond Rostand. » Puis, à
propos d'un chant de rossignol, harmonieusement
perlé par Mademoiselle Mellot, ce passage : « alors
seulement, on a perçu un peu de sublime, parce
qu'une voix de femme chantait » ; et l'article conclut : « interprétation, en somme, excellente, de
ce « Chantecler » *clinquant* dont il fut tant parlé,
qui avec moins de faux esprit et plus de sensibilité

véritable, eût été l'œuvre remarquable qu'il n'est pas. »

Encore une fois, ce jugement est dur, il sied de l'atténuer ; mais on peut faire, dans sa direction, des reconnaissances précieuses. Voici, par exemple. le mot clinquant, s'il vous choque, autant que moi-même, tirez-vous en avec un à-peu-près, ils sont à la mode, et dites-vous que ces *concetti,* dont abonde le texte de la pièce, ne sont pas loin de ressembler à ces *confetti* qui vous aveuglent, certains jours de liesse ; et que si ces *confetti* devenaient tout à coup des paillettes dont ils ont la forme, ils vous offriraient avec le mot *pailleté,* une image aussi exacte que celle du chroniqueur, en même temps que plus aimable.

Des « Impressions d'artistes » ont aussi été publiées ; les réflexions qui précèdent celles de Monsieur Guitry donnent terriblement à réfléchir : « on sait avec quel art unique, Monsieur Lucien Guitry a joué Chantecler ; et il semble qu'on n'ait pas assez rendu justice à la tendresse, à l'émotion, à la vérité admirable, à l'humanité profonde qu'il a répandues dans ce rôle difficile et *tout fait*

11

d'artifices. Il a soufflé de l'âme dans le *coq en car-
ton-pâte* de Monsieur Rostand. Tandis que presque
tous les autres acteurs déclamaient, chantaient, in-
supportables et boursouflés, il a été l'artiste dont la
simplicité atteignait au grandiose. Monsieur Rostand doit beaucoup à Monsieur Lucien Guitry ;
aucun artiste, aucun, n'aurait pu lui apporter une
aide plus précieuse ; tant et tant d'hommes ont dû
l'encenser diversement qu'il n'est plus sensible aux
compliments les plus sincères... »

Ce trait nous rappelle qu'ailleurs nous avons lu
cette phrase : « entouré d'une petite cour idolâtre,
bercé par les louanges de trop dévoués amis, prenant au sérieux les formules enthousiastes de
quelques politiciens qui se croient lettrés » ; tout
cela est assez intéressant parce que, sans douceur,
ce ne paraît pas non plus sans rapport avec la
réalité.

Je suis étonné qu'on ait sifflé la scène des crapauds ; si l'on voulait siffler quelque chose, il fal-
lait mieux choisir. Tout de même, il y a, dans
l'œuvre du Maître de Monsieur Rostand, un papa
crapaud qui « en bouche un coin-coin » à ces
fileurs de fiel. Mais il en existe une espèce toute
différente, celle des tisseurs de miel ; ceux-là sont
bien plus dangereux ; Monsieur Rostand fera bien

de s'en méfier si, par hasard, il s'en rencontre dans le pays basque ; ils se haussent, on ne sait comment, jusqu'au sommet de l'arbre, et noient le rossignol dans la glucose.

Quant à ce qui est du jeu de Monsieur Guitry, on ne saurait assez y revenir, et Madame Séverine, entre autres, l'a bien exprimé ; les reproches que plusieurs lui adressent, justement ou non, viennent de ce qu'il est *supérieur à son rôle* ; alors, à quoi bon ajouter rien à une réflexion qui, du premier coup, lui rend *tant de justice ?* — Mais certain sonnet, dit des « Toi, tu... » dédié, dans le même temps, à l'ombre de Coquelin, n'envoie pas dire à Monsieur Guitry, que tel n'est pas l'avis de l'auteur.

Après l'interprète, *le rôle*, après Monsieur Guitry, Chantecler, maintenant. Il y a des mots, des noms, qu'on se garderait de prononcer, dans une discussion, si l'interlocuteur ne commençait point ; c'est ce qui m'est arrivé ; nouvelle difficulté dont je vais essayer de me tirer. Monsieur Marcel Prévost, au lendemain du sombre échec de « Pierre et Thérèse », qu'il nous offre en guise de bienvenue académique, prétend que les triomphes de Mon-

sieur Rostand empêchent de dormir les bons petits
confrères. On peut, du moins, supposer qu'il
s'agit de cet auteur, car Monsieur Prévost ne le
nomme pas ; faut-il en conclure que nous devons
le ranger parmi ceux que Monsieur Rostand
exempte de sommeil, ou que le souvenir de
« Pierre et Thérèse » suffit à prolonger l'insom-
nie ? Ceci pour nous amener à la terminologie
incriminée. Un autre articlier s'est offert et nous
a offert le luxe facile de prononcer le nom de
Vadius, à propos de possibles jaloux de Monsieur
Rostand ; c'est à la fois direct et vague, simpliste
surtout ; le nom pareillement Molièresque, appelé
par cette interpellation (je sais que je vais dire une
chose énorme !) ne pourrait-on l'appliquer un
peu, un tout petit peu, au personnage de Chantecler ? Qu'est-ce, en effet, qui caractérise le typè
de Trissotin ? (Voilà le gros mot lâché !) Un immense contentement de soi, malheureusement
sans motif ; quand donc nous aurons dit que la
satisfaction de lui-même éprouvée par Chantecler
est, celle-là, motivée, cela retirera beaucoup d'amertume à la réflexion qu'il pourrait bien tout de
même y avoir dans ce Coq, un brin de Trissotin,
lorsqu'il nous parle de la certitude où il est de sa
nécessité, de son *génie* et de son *officialité* ; mettons

alors, et n'en parlons plus, si toutefois de telles
rencontres de mots et d'idées peuvent s'accorder,
un Trissotin de génie.

Ah ! que le vrai mérite est donc loin d'une
telle façon de parler de soi ! J'en veux pour preuve
ce mot charmant de Monsieur France. Un jour, je
ne sais plus qui le comparait à quelqu'un que ce
Maître n'admirait pas ; il répondit avec douceur :
« c'est un homme qui n'a pas de talent, tandis
que moi *j'en ai un peu* » ; sage leçon pour les galli-
nacés qui se plantent sur les pavois, plutôt que
d'attendre qu'on les y porte.

Après le rôle, *la fiction* ; celle-là peut se discuter, mais aussi se défendre ; que la conscience obscure des animaux puisse sembler plus près de livrer
son mystère, quand elle inspire un Kipling ou un
Andersen, cela est probable ; leur faire vendre la
sagesse, rendre la justice et d'ingénieux oracles, par
la bouche de La Fontaine, peut aussi paraître mieux
de leur ressort que leur faire dégoiser de critiques
facéties ; Aristophane l'a néanmoins tenté et réussi ;
les faire parler de basochiens et de loustics, de
Kant et de Chénier, de Rivarol et de Toussenel,
cela, c'est le triomphe de Monsieur Rostand, un
triomphe qui ne va pas sans conteste, mais pas
non plus sans droits.

★

Ce qui fait que l'on s'entend mal, dans les dis-
cussions à propos de *Chantecler*, c'est que l'on
ne dit pas toujours ce qu'il faudrait dire, et que
l'on dit souvent ce qu'il ne faudrait pas ; j'en citerai deux spécimens typiques, l'un, d'observation
particulière, l'autre, d'observation générale. Voici
le premier : après de courtes citations qui ne contiennent pas, à beaucoup près, les meilleurs morceaux de l'ouvrage, un chroniqueur ajoute que
cette œuvre renferme *quelques-uns des plus beaux
vers de la langue française* ; si le commentateur
voulait risquer cette appréciation hasardée, mais,
en somme, libre, il aurait dû faire, dans ces quatre
actes, un choix plus réfléchi, qui était facile.

L'observation générale, maintenant ; d'autres
articles affirment que la réussite de *Chantecler*
représentera la *victoire du goût* ; j'avoue que ce jugement me paraît, entre tous, contestable. Le *goût*
est une chose très spéciale, qui peut ne pas manquer à certains talents imparfaits et faire défaut à
de plus sûres maîtrises ; Wagner avait tout le génie
possible ; avait-il du goût ? Ce n'est pas par lui que
brillait Rubens ; Whistler et Stevens en avaient, et
Monsieur Sargent qui est un grand peintre, n'en

a pas ; on peut, on doit reconnaître à l'art de
Monsieur Rostand, quantité de qualités, on peut
lui contester celle-là. Quand Monsieur Léon
Daudet affirme que le talent de Monsieur Rostand
est « petit, mais certain », il pourrait sembler injuste si, connaissant que cela ne peut être, on n'in-
terprétait sa pensée. Il veut dire, sans nul doute,
que l'énorme talent de Monsieur Rostand apparaît
précisément *diminué à force d'être excessif* ; ses
images sont multiples et ingénieuses, ses formules
brillantes et belles, son lyrisme un peu artificiel,
tout de même entraînant ; mais, encore une fois, si
un spectateur sincère, judicieux, bien intentionné
peut, doit emporter, de la représentation de
Chantecler, beaucoup de valables impressions,
les minutes qui laisseront à ses yeux et à ses
oreilles le souvenir du *goût* ne me semblent pas
devoir être les plus nombreuses. Et, disons-le bien
vite, il ne s'agit pas ici de l'affreux « bon goût »
justement stigmatisé par Victor Hugo, dans la
pièce qui débute par ces vers :

« Le bon goût, c'est une grille » ;

non, comme l'huissier-pie annonce simplement le
Coq, énonçons simplement : le goût.

Il n'en est pas de même de la virtuosité ; celle-

là, forcément un peu sèche, n'en est pas moins
toujours surprenante et, presque tout le temps,
étourdissante ; l'auteur s'y divertit lui-même, au
point de briser son vers, pour en faire reluire les
facettes, de le « concasser » avec le « marteau
d'or » qu'il plaçait naguère aux mains de Catulle
Mendès ; c'est de la sorte que son poème se subdi-
vise en fragments irisés et miroitants, assez pareils
à ces pièces d'un casse-tête chinois burgauté, dont
les losanges, les triangles et les carrés s'ajustent à
merveille, et qui divisent l'attention entre la symé-
trie de leur découpages et la diversité de leurs
ornements.

Encore un détail, plaisant, celui-là. On sait que
Monsieur Rostand ne se montre pas tendre pour
les paons qui fréquentent chez Philamintade ; or,
son fils, les journaux nous l'apprennent, se pavane
et roue chez Mesdames de Baye et de Rohan. Moi,
qui suis doux, je prie le Ciel d'épargner, à ce jeune
homme, auquel je ne veux que du bien, la Marquise de Saint-Paul qui, chacun le sait, présente
en liberté le Canard de Barbarie du piano ; mais
comment s'en tire le Papa, pour concilier son
esthétique littéraire et sa logique paternelle ?...

★

—

Le plus grand défaut de *Chantecler* c'est d'avoir été écrit il y a sept ou huit années ; s'il avait pu être achevé et représenté sans tarder, outre qu'il aurait été moins surchargé de beautés apprêtées, le public, non exaspéré par une trop longue attente, lui aurait fait un accueil plus franc ; le tenant pour le grand intermède fantaisiste d'une veine qui se repose, on lui eût attribué un rôle épisodique dans l'œuvre de l'auteur, dont il aurait représenté, je ne dis pas *l'aliquando dormitat* mais *l'aliquando subridet*.

Il n'est plus question de savoir si *Chantecler* s'appellera ou non Déchante-clair, s'il avait raison, le critique notoire qui le qualifiait tout bas de « *sublime enfantillage* », et s'il avait tort, le public gouailleur qui avait, d'ailleurs drôlement, déformé d'avance, à son intention, le titre de la plus célèbre des fables du Bonhomme. Ces poules, que l'on chargeait, depuis tant d'années, de fixer la date de la « première », viennent de prouver qu'elles avaient vraiment des dents ; je le dis sans rire ; en voulez-vous une preuve ? Après avoir attendu six ans, elle n'a pas attendu trois hémistiches ; lisez plutôt le premier vers de *Chantecler*: « que croquez-vous ? » se disent, entre elles, ces poulettes. Comment, l'opération de *croquer* pourrait-elle

11.

être accomplie autrement que par des *crocs*, comme
celle de *becqueter*, appartient au *bec* ? Je n'aime pas
non plus beaucoup les *pieds* des coqs, ni les *doigts*
des canards ; comme il ne saurait guère s'agir ici
d'impropriété d'expression, l'auteur a probablement voulu rappeler que ses personnages étaient
mi-partis animaux et humains.

Tout cela se noie dans la série à la rouge des
représentations en marche vers les millions... et les
millièmes; il y manquera sans doute, l'élan popu-
laire, pour lequel on avait préparé tant de bibelots
estampés du Coq, lesquels s'enlèveront moins vite
que leurs fabricants n'avaient espéré ; on ne peut
pas tout avoir. Il est même à craindre que certaine
flanelle qui se réclame de ces plumages, entre les
couvertures de l'Illustration, ne fasse pas ses frais.

De là, probablement, quelque *rancune* constatée,
dans les classes moyennes, envers l'auteur de *Chantecler*, et qui tempère l'application qu'il pouvait,
jusqu'ici, se faire, du vers de Chénier, sur la bienvenue dans chaque regard souriante. Elle revien-
drait, un jour que l'enfant gâté d'hier rapporterait,
à son peuple, pour se faire pardonner ses beaux
écarts, un Don Quichotte haut sur pattes ou un
Polichinelle haut en couleur. Plusieurs déconve-
nues de son aventure actuelle vont servir l'artiste;

il se reprendra et accomplira cette fois, son·chef-
d'œuvre, à la condition pourtant qu'une grave con-
fidence enregistrée par un courriériste n'ait pas le
sens qu'on pourrait lui donner. « Encore une ca-
lomnie... » dirait Monsieur Rostand ; et il faut
espérer que cette fois, il aurait raison ; oyez plutôt : « *j'ai un principe,* je ne lis que les articles
signalés par les miens, les articles *qui en valent la
peine...* j'ignore *les autres,* je les ignorerai toujours. »
Qu'est ce que cela signifie ? En effet deux inter-
prétations sont possibles. Quels sont, aux yeux de
Monsieur Rostand et des siens, les articles *qui en
valent la peine ?* Est-ce ceux qu'on appelle des
éreintements, de ces douches stimulantes, à la fois
révulsif et réactif, de ces bonnes pintes de stipty-
que empêchant le trop de complaisance envers soi-
même, et maintenant le sens critique dans ce désirable équilibre entre le trop de confiance et le
trop d'hésitations (1). Alors, vive la parenté ! Mais.
avouez qu'il faudrait en rabattre sur ce cri, et le
remplacer par une nouvelle citation du « nul n'est

---

(1) Le passage fut écrit en 1910 ; voici ce que Monsieur Rostand
écrit aujourd'hui, en 1913, et qui me donne raison, sans que cela
paraisse lui donner tort : « Je suis convaincu que tout homme de
lettres, dont l'orgueil est bien placé, lorsqu'il a dû subir les petites
éclaboussures des publicités intensives, est heureux de se débarbouiller dans un bon éreintement. »

trahi que par les siens », si ces derniers ne jugeaient
lisibles, fût-ce par un souverain, que les mots qui
l'encensent. La Reine Victoria nous a donné ce
triste spectacle, dans ses dernières années, lors de
la guerre du Transvaal : on lui marquait, au crayon
de couleur, ce dont elle pouvait prendre connaissance sans trop d'amertume, et sa lecture se con-
formait à cet itinéraire. A vrai dire, elle était octo-
génaire et femme ; Élizabeth aurait montré plus
d'envergure. Mais Monsieur Rostand ? Outre
que cela doit entraîner, le jour de la bombe, chez
un *paterfamilias* qui y attache tant d'importance,
des déjeuners silencieux et circonspects, plus péni-
bles que la lecture joviale d'une franche engueulade, quel crime de priver un auteur des fortes
leçons qu'elle lui tenait en réserve ! Si *Chantecler* nous destinait des beautés supplémentaires,
nul doute que leur retrait ne soit imputable à cette
réticence, et que l'on n'ait borné les communica-
tions à des lignes du genre de celles-ci qui, au
moins, ont dû faire sourire celui qui les inspira :
« *l'immortel auteur* veut bien me recevoir ; *on
m'indique l'ascenceur* » ; évidemment, il faut ça pour
s'enlever vers de si hauts étages.

Encore une fois, une seule chose peut sembler
menaçante pour Monsieur Rostand, l'abus, autour

de lui, du genre affectueux (plus encore que du respectueux, le véritable respect, ce n'est pas cela) ten-
dant à ne juger digne que du nom de *bave,* tout
ce qui ne peut pas prétendre au titre d'*encens.*

Quoi qu'il en soit, je me répète, chaque fois
que je songe à Monsieur Rostand, ce texte Sha-
kespearien qui me le rappelle, autant de fois que les
lignes m'en tombent sous les yeux : « *Il chante
différents airs, plus vite que vous compteriez de l'argent, il les débite comme s'il avait mangé des ballades, et toutes les oreilles se tendent pour l'ouïr.* »

Mais qui oserait contester la supériorité de Monsieur Rostand sur ce personnage du grand Will,
si, tout en mangeant les ballades et en débitant les
airs, l'Auteur de *Chantecler* conserve encore assez
de sang-froid pour compter aussi les places prises
et les oreilles tendües ?

Les circonstances m'ayant amené à écrire plusieurs pages sur le propos de Monsieur Rostand,
je profite de l'occasion, qui pourrait ne plus s'en
représenter devant ma plume, et j'ajoute quelques
réflexions supplémentaires ; quand il ne se trouverait qu'un lecteur pour goûter mes premiers

aperçus dans ce débat, il me saura peut-être gré de cette addition finale; je travaille donc pour lui et pour moi, sans oser me flatter que ce lecteur prestigieux se disproportionne jusqu'à devenir Monsieur Rostand lui-même, puisque, cela est bien entendu, il ne prend connaissance que de « ce qui en vaut la peine. » (sic.)

Ces circonstances, elles m'ont induit à lire les œuvres de cet écrivain; j'avais assisté aux premières de ses pièces, dont j'ai même revu quelques-unes, mais là s'étaient bornés mon plaisir et mon effort; la lecture a confirmé mes impressions anciennes, en y ajoutant des remarques.

Le moins bon, selon moi, des ouvrages de Monsieur Rostand, (je ne doute pas, d'ailleurs, que ce ne soit le premier en date) c'est la *Princesse Lointaine*; les qualités et les défauts de l'auteur y sont en germe, ce qui est un tort, aussi bien pour les uns que pour les autres; un défaut à son apogée peut offrir une forme d'intérêt; embryonnaire, il n'a de quoi se faire ni des partisans chaleureux, ni des adversaires passionnés. L'artificiel de l'invention et le factice de la manière s'accusent à égalité dans ces quatre actes d'un pittoresque incertain et d'un symbolisme banal; c'est une transposition de Tristan, laquelle se contente de placer

sur la nef, l'amoureux dolent qui se tenait au rivage, tandis que l'amante, qui naviguait, séjourne
maintenant sur la côte. Au reste, il faut borner
à ce rapprochement, toute relation entre les deux
héros de Wagner et les figurines du dramaturge
Français, qui ne dépassent guère les dimensions de
modèles de Chartran vêtus de velours frappé, et
portant des fleurs artificielles. La virtuosité du jeune
Maître, laquelle, plus tard, lui vaudra des enthousiastes et des détracteurs, se montre, là encore,
balbutiante. Toute l'intrigue repose sur... une chanson, que le barde mourant veut, avant d'expirer,
soupirer à sa distante idole, « une blonde, châtaine ou brune princesse » qui n'est qu'une sœur
royale de « l'enfant blonde, brune ou châtaine »
du pauvre Soulary, qu'on ne s'attendait pas à trouver, c'est le cas de le dire, sur cette galère. Le
messager du voyageur brave lui-même la mort
pour accomplir le premier cette récitation errante,
et, finalement, si je me souviens bien, celle qui
l'inspira de confiance, elle-même se la récite à son
tour. On voit ce qu'un tel *leitmotiv* aurait fourni
au père d'Isolde ; mais celui de Melissinde, alors
loin de sa maîtrise ultérieure, n'a composé qu'une
faible et facile romance, qui s'acquitte mal d'expliquer tout le reste, et réduit l'infortuné Rudel à la

taille d'un page sans élan comme d'un troubadour
sans souffle. Depuis longtemps la rumeur amicale
nous entretient d'une « nouvelle version », je ne dis
pas destinée à corriger l'ancienne (ce que la rumeur
amicale ne saurait admettre) mais à en accroître
les beautés ; pourvu que le besoin d'une troisième version ne se fasse pas encore sentir, quand
la seconde prendra son parti d'apparaître, si la réalisation de cette promesse continue de se différer !

Si l'on veut savoir ce que cette veine, non pas
même transposée du profane dans le sacré, puisque la Princesse finit au Carmel, mais, cette fois,
plus sûre de ses moyens, peut fournir de plus
réussi à notre Auteur, il faut lire *la Samaritaine* ;
qu'on la blâme ou qu'on l'aime, elle offre à juger,
sous cette forme de son talent, tout au moins du
Rostand adulte. Son plus grand défaut, c'est d'être
du christianisme d'imagier moderne-style, et trop
ingénieux, comme on en vit à Munich, notam-
ment dans l'œuvre d'un certain Marx auquel on
doit une Sainte Face dont les yeux baissés semblent,
par suite d'un artifice de modelé, s'ouvrir peu à
peu et fixer le spectateur. Un tel procédé peut contenir de l'édification pour des dévotes de chapelle ;
mais Léonard n'en eût point usé. Hello n'aurait
pas aimé *la Samaritaine*.

★

Venons aux deux grands drames de Monsieur Rostand.

Si c'est traiter un sujet de façon adéquate, je ne dirai pas que de le manquer, mais de ne le réussir qu'en partie, pour l'assortir à un modèle incomplet, à ce point de vue *l'Aiglon* est réussi ; n'oublions pas, en effet, qu'il s'agit du fils dégénéré d'un Grand Homme : ses battements d'ailes ont le droit, presque le devoir, de nous apparaître brisés, comme ils le font.

C'est à propos de cette pièce que le titre de « Sardou du vers », donné à l'auteur, devient surtout motivé ; mais ce sont les parties les moins satisfaisantes de l'œuvre qui justifient cette comparaison ; je veux dire *le bal* et *la plaine*. Le premier, épisodique, tout comme « le jour de la Pintade », n'offre pas du moins le divertissement de ce dernier. La scène de Wagram, elle, vise au sublime et n'atteint pas même le grandiose ; tout au plus un grandiloquent de commande et sans vrai pathétique ; ce qui peut consoler l'écrivain, de cette inégalité, c'est que son Maître en personne (il n'est pas ici question de Monsieur Doumic) se fût à peine montré de taille à réussir dans ses meilleurs jours, une conception à ce point ambitieuse.

Monsieur Rostand avoue, quelque part, que son labeur n'est pas aisé ; je le croirais volontiers, si j'en juge par certains défauts de ses figures de premier plan, hérissées de surcharges et d'ornements un peu postiches ; tandis que, parfois, ébauché en cinq ou six traits. un rôle de second plan apparaît adéquat à sa légende et conforme à son personnage. J'en citerai, pour exemple, la Marie-Louise de *l'Aiglon*, rieuse au clavecin, passionnée à l'essayage, coquette avec ses courtisans, puérile avec sa perruche, inintelligemment dédaigneuse à l'égard des souvenirs de gloire, puis finalement, assez touchante, à la minute suprême. Ce ressemblant résumé d'un caractère, circonscrit dans une esquisse juste, m'avait frappé à la scène, et fait de même dans le livre (1).

Pourtant le public ne s'est pas trompé en exaltant *Cyrano* comme le chef-d'œuvre de son favori d'un moment ; cet ouvrage semble devoir représenter à jamais l'idéal du genre, qui est bien celui d'une dentelle de mots, mais d'une dentelle qui

(1) La lecture des lettres publiée par la famille de Montebello confirme cette appréciation.

serait découpée dans du métal. Je n'attache pas
grande importance aux similitudes plus ou moins
constatées entre les sujets ; ces réclamations-là se
sont exercées de tout temps, et jamais à l'avantage
de ceux qui les poussent loin ; même justifiées par
des gains de procès, elles ne le sont pas par l'opinion finale, laquelle en vient toujours à prendre le
parti de celui qui, même le second, fait triompher
une donnée. Je n'ai pas lu l'ouvrage qui a motivé
la condamnation, en Amérique, de Monsieur Rostand, et interdit, là-bas, les représentations de sa
pièce. (Que de millions tenus à l'écart !) Je doute
fort que celle-ci ne soit pas supérieure à celle qui
lui vaut cet affront lointain. Il existe une nouvelle
de Maupassant, je crois, qui s'achève sur une histoire de vieux billet doux reparu dans un bouquet, lui-même âgé de quarante années ; la fameuse
lettre de Roxane n'apparaît-elle pas un peu cousine
de ce poulet-là ? Qu'est-ce que ça fait ? D'aucuns
prétendent retrouver, dans je ne sais quels anciens
mémoires, le sujet des *Romanesques* ; à quoi les
anciens mémoires peuvent-ils servir de meilleur
qu'à inspirer de jeunes poésies ?

Les ressemblances des formules, celles-là plus
graves, ne sont pourtant pas incriminables au point
où le jugeraient les pédagogues ; convaincu d'un

de ces parallélismes de langage, un des plus grands lyriques de ce temps confessa qu'il avait pris une réminiscence pour une inspiration, dont il avait assez du reste ; c'était si vrai que l'affaire s'en trouva jugée. En ce qui concerne Monsieur Rostand, le cas me paraît être absolument le même, aussi bien pour quelques exemples que j'ai cités que pour d'autres qui se sont révélés depuis. L'imagination de Monsieur Rostand (qui n'a pas comme son voisin Loti, le rare pouvoir et le difficile bonheur de ne pas lire) me semble devoir, par un phénomène, sans doute, inconscient, *polariser* de ses lectures, voilà l'expression qui convient ; oui, les résumer, sans le vouloir, et sans même y songer, en un faisceau où parfois des rayons se détachent et sinon se font, du moins se laissent reconnaître, sans avoir l'air de le craindre ni de le désirer. C'est ainsi que Cyrano s'écriant :

« Non, non, c'est bien plus beau, lorsque c'est inutile ! »

se trouve mettre un bout de panache à la Muse du gentil « *Passant* » qui, elle, a écrit :

« L'inutile, ici-bas, c'est le plus nécessaire. »

Monsieur Rostand l'a évidemment tout à fait oublié, lorsqu'il s'en souvient.

Nul doute que cet esprit cultivé n'ait lu les « posthumes » de Baudelaire ; ce ne peut donc être par hasard qu'il écrit : « déplaire est mon plaisir » ; cela est trop particulier et, surtout, bien particulier à l'Auteur des *Fleurs du Mal*, qui a formulé, lui, plus explicitement : « plaisir aristocratique de déplaire ».

Quand la forme d'inspiration qui est celle de Monsieur Rostand, lui fait défaut, ce n'est plus qu'un équilibriste du verbe ; son échafaudage de mots se superpose, alors, comme celui des gymnates qui s'étagent une dizaine et se mettent à tourner ; et quand il semble que l'athlète de la base ne puisse plus supporter une paillette de plus, un gosse bondissant, jailli on ne sait d'où, sorte d'Euphorion du maillot, se met à grimper le long des fémurs et des tibias, et se plante au sommet de la pyramide humaine, pareil à la rose d'un gâteau de Savoie. Lisez les vers à Mendès, ceux à Mariani, même la réclame de l'Onoto ; celle-là, ce n'est que la cabriole d'un petit clown tout seul, mais la culbute y est bien ; je m'empresse d'ajouter que ces derniers morceaux sont certainement des jeux ou des blagues.

La preuve que tout cela contient beaucoup de
fortuit, c'est que je rencontre, dans une publication
qui date de sept ou huit années, ces vers d'un
poète que Monsieur Rostand ne peut guère avoir
lu, ces vers qui s'inscrivent en regard de la reproduction d'un Versailles d'Helleu, et disent avec
assez de grâce :

Comme si la Diane eût *blessé* d'une *étoile*
Le cœur mystérieux et profond de l'azur.

Cela n'empêche pas que ne soit beau ce vers de
Chantecler :

« Ces blessures de feu qu'on prend pour des étoiles. »

Que l'art de Monsieur Rostand apparaisse émaillé
de procédés, il serait aussi superflu de l'enregistrer,
qu'injuste de le lui reprocher, puisque c'est en cela
qu'il s'avère *homme de théâtre* ; ces procédés, un
familier ou un impoli (je ne suis ni l'un ni l'autre) les qualifierait, sans doute, de *ficelles* et de *trucs* ;
quoi qu'il en soit, il en est de charmants. J'en
citerai un, qui reste tel, bien que l'auteur en use
et abuse ; c'est quelque chose comme ce qu'on appelle, je crois, *cabalette*, en musique, un retour de

sonorités ramenées à différents intervalles gradués.
Je ne parle pas du fameux « non. merci ! » lequel martèle tout le monologue qui lui emprunte
son nom, mais un ressort plus harmonieux, employé, à beaucoup de reprises, par ce dramaturge ;
ses lecteurs reconnaîtront facilement que je veux
dire le triple « demande ! » du Sauveur à Pierre,
et le « goûte ! » de ses disciples, dans ce passage
que Monsieur Léo Claretie appelle élégamment :
« le couplet *de la Cruche* » (sic.) Ces impératifs
commencent et commandent une fois le vers, puis
reparaissent à son centre et le couronnent enfin.
Il en résulte une cascade mélodieuse, agréable à
l'esprit et à l'oreille. En voilà deux pour *la Samaritaine*. Pour *l'Aiglon*, en voici deux encore : le
« je déchire ! » du Prince et le « parce que je
vous aime ! » de ses trois amoureuses ; et il y
en a beaucoup d'autres ; c'est un peu monotone,
mais très plaisant, toujours.

Notons encore le coup du subjonctif ébouriffant,
à la rime, amusant, mais abusif : « que tu t'accoutumâsses, que vous ragusâssiez etc... »

Monsieur Rostand fabrique deux sortes de vers :
le vers rocailleux, auquel il semble prendre un
plaisir extrême, et où il entrechoque des cacophonies telles que celles-ci : « qu'un cœur qui con...»

Elles auraient enragé Veuillot, s'il les avait lues.
dans un article sur Mozart et peut-être même sur
tout autre sujet. L'autre sorte de vers est toute plaisante, elle sertit une image neuve dans une forme
séductrice, comme celle qui suit, décochée au
Cygne Noir :

« Et vous n'êtes plus rien que l'ombre du Grand Cygne. »

Au reste, cette idée de *l'ombre* est toujours favora-
ble à Monsieur Rostand, et lui inspire de gracieuses
choses. Vous vous souvenez, dans *la Samaritaine*,
de cette ombre d'une feuille de figuier qui

« Souligne d'un doigt bleu quelque beau vers d'Horace. »

Mais j'en relève de non moins inattendues, notam-
ment dans un de ces jolis sonnets qui viennent de
nous décrire supplémentairement le décor de chacun des actes, je lis :

« L'ombre d'une framboise a l'air d'être une mûre. »

Enfin, à l'issue de *Chantecler*, c'est encore la Faisane disant au Soleil : « j'admettrai

Que tu marques ma place en dessinant son ombre. »

Une fois encore, et cela m'a été sympathique, le souvenir du brave Coppée m'est revenu en écoutant *Chantecler* ; c'est quand le coq fait, à bon escient, sans nul doute, ce qu'on est convenu d'appeler un vers à la Coppée, un alexandrin résolûment ultra-prosaïque et spirituellement caricatural de la manière des *Humbles*. Monsieur Rostand qui réaliserait, s'il le voulait, des *pastiches* en vers, égaux (et ce n'est pas peu dire) à ceux que Marcel Proust nous a donnés en prose, réussit d'avance le plus amusant de tous, quand, faisant faire à son hôtesse emplumée le tour du propriétaire, il lui décrit avec un juste dédain :

« L'abreuvoir syphoïde en fer galvanisé. »

Certes, j'entends à merveille qu'il veut dire, en le décrivant ainsi, combien cet objet lui semble laid ; il ne saurait le dire mieux.

Monsieur France me contait avoir lu, un jour, sur une couronne funéraire d'un modeste cortège de notre quartier, cet alexandrin de même ordre :

« Le cercle des joueurs de boules de Neuilly » ;

tout de suite, l'image du *petit épicier* et celle de son Patron se présentèrent à l'esprit du maître ; ce qui n'empêche pas Coppée d'avoir noté souvent avec vérité et, parfois, avec art, de très personnelles impressions, dans un genre qui était sien.

Une chose qui m'avait échappé, à deux auditions de *Chantecler,* c'était ce que disent les chœurs bourdonnants; je ne l'ai connu qu'à la lecture. Depuis, je me demande pourquoi l'auteur a fait se résoudre le murmure des guêpes en paroles beaucoup plus suaves que celles qui résultent du murmure des abeilles; n'est-ce pas anormal ? Qu'a-t'il voulu dire ? Que le travail sérieux se soucie moins des séductions extérieures ? Peut-être.

Ce caressant chœur des guêpes est, lui, calqué tout à fait nettement et très élégamment, sur le ravissant petit chœur des *Trouvailles de Gallus* :

« Les lutins — dans les thyms — les hautbois — dans
[les bois. » etc...

Mêmes vers de trois syllabes, composant des alexandrins qui riment, à leur tour, entre eux ; disons-le bien vite, le chœur de Monsieur Rostand n'est pas du tout moins bien réussi que celui de Victor Hugo.

Car, encore une fois, je ne fais ici que des *constatations,* un peu de *critique* dans le sens de *tri des*

éléments et *expression des préférences* ; mais surtout
pas de *dénigrement* systématique, sans rapport
avec mes sentiments propres.

Comment pourraient-ils revêtir une autre forme
que celle de la sympathie, vis-à-vis d'un auteur
qui met en scène, avec les honneurs qui leur sont
dus, trois de mes ancêtres ; dans *Cyrano,* d'Arta-
gnan et Gassion, et, dans l'*Aiglon,* la Gouver-
nante du Roi de Rome ? — Or si, (à l'exception
de mon chef de famille, un des derniers gentils-
hommes de vieille race et de haute culture), je
n'aime guère mes parents — qui me le rendent
bien... et même qui commencent — j'aime fort
ce que nous nommons nos ancêtres, cette sorte de
parents dépouillés de la familière inimitié des
consanguins, et qui, s'ils existent encore ailleurs,
admettent, ceux-là, de nous reconnaître des qualités, et les favorisent.

A cette gratitude généalogique, par moi recon-
nue au résurrecteur de mes ascendants, il s'en
ajoute une autre, toute personnelle, qui ne m'est
pas moins chère.

★

Une chose encore qui m'a frappé, c'est le retour, sur plusieurs points de l'œuvre qui nous occupe, de cette idée de *grandissement*, qui atteint son maximum dans les propos de la Vieille Poule. Monsieur Rostand, qui, on le sait, il l'a dit, n'est pas sans ressembler à son personnage, a dû avoir une bonne vieille *nurse* qui se préoccupait de même de l'accroissement de son bambin amplifié ; cette préoccupation, elle la lui a communiquée.

« Cela me grandit ! » s'écrie Cyrano, lorsqu'il se sent l'estomac dans les talons ; et c'est aussi le jovial Flambeau, sorte de Patou de la Vieille Garde, qui, rappelant au Prince l'avoir connu enfant, dit encore : « Votre Altesse a grandi ».

La vieille *nurse* de Monsieur Rostand dirait-elle : « Il a grandi » après *Chantecler* ? Cet « après *Chantecler* » si longtemps attendu, ne fût-ce que pour publier les deux mille *inédits* de Madame, se montre-t'il à la hauteur de ce qu'on espérait de lui ? Certaines flexions des organes qui représentent le parti, laissent une hésitation à ce sujet. « J'ai écrit, depuis quelques années, de *petites choses* qui occupent, dans mon œuvre, *une place infiniment moins importante*, et auxquelles j'attache *beaucoup plus de prix* », fait dire à l'auteur le filet tendancieux d'un journal Rostandiste, qui ajoute que le *Bois Sacré* pourrait bien appartenir à ce groupe ; aveu à retenir. Et voici l'œuvre que va mettre en scène Madame Sarah Bernhardt, avec son génie habituel, passée au rang de *petite chose*, en même temps que de chose plus *considérable* que le mondial *Chantecler*, trompetté depuis dix ans par les clairons de la Renommée. C'est très mystérieux.

Baudelaire, qui réclamait *le droit de se contredire*, n'admettait-il pas celui d'être *inconséquent* ? Monsieur Rostand doit le requérir.

J'en vois trois raisons. D'abord, il fait d'un de ses acteurs empennés, dont le *Philosophe* de Gyp cite les mots avec complaisance, l'oiseau-émissaire des allitérations et des assonances ; mais il aime celles qu'il fait et ne s'en prive pas le moins du monde ; il n'a pas tort. L'allitération est comme la muscade ; il n'en faut pas mettre partout ; mais « mise à sa place » elle n'en a pas moins « sa valeur ». Ah ! que le judicieux Patou fait donc bien de parler de *pailles* et de *poutres*, et qu'il est amusant d'entendre parler du « Prince de l'adjectif inopiné » par le Roi du substantif abracadabrant ! — Ensuite, à deux reprises, au cours de *Chantecler*, Monsieur Rostand s'insurge contre la glorification des artistes étrangers ; or, il a fait

12.

élever, dans son parc, une stèle à Cervantès et
une autre à Shakespeare. C'est comme en famille,
je l'ai dit, on n'aime pas ses parents, on aime ses
ancêtres ; en littérature, on n'aime pas les voisins
vivants..... la Mort naturalise. Enfin, après avoir
houspillé (d'ailleurs de bien gaillarde façon) l'excellente Pintade... il donne le plus illogique
des *exeat* à son aimable cochet qui s'en va jouer
les petits paonneaux chez tout ce qui *pintadifie* à
Paris, dans le noir et blanc du papier et de l'encre.

A présent, si Monsieur Rostand se montrait
quinteux, cela serait-il bien surprenant, puisqu'il
appartient au « genre irritable » ? Cyrano criait
déjà : « Je me bats ! Je me bats ! » mais en
réalité, se battait surtout les flancs. *Chantecler*
accuse un peu de bile chez Monsieur Rostand et,
on l'a remarqué, c'est d'autant plus incroyable,
quand il s'agit d'un homme à qui son pays et
son temps firent pareille fête. Et pourtant, je l'ai
parfois noté, les hommes et les femmes auxquels on fait une fortune extrême, sinon exces-
sive, paraissent toujours manquer un peu de sécurité ; s'ils sont réellement intelligents, ils sentent,
ils évaluent l'intervalle qui se creuse entre ce qui
leur est dû et ce qu'on leur accorde, et que cet
intervalle pourrait bien se creuser en fondrière.

Cependant, c'est ainsi, Monsieur Rostand en veut de mâle mort aux blagueurs, aux Belges, (1) aux esthètes, aux snobs, aux rastas ; tout cela n'est cependant pas méchant. Qu'un fruit sec, un raté, aigri de son insuccès, s'en prenne à ces divers masques, de la popularité des autres, cela se concevrait encore ; mais ne pouvait-il pas se montrer plus indulgent, celui qui leur doit une part de son triomphe ? Ce n'est pas son avis, il fulmine à leur nom, il écume, à leur passage ; ses satires même en souffrent, la colère leur donne quelque chose de grimaçant qui les dépare. Pas une fois Molière n'a l'air irrité, même quand il bafoue ; et cela donne à son fouet une souplesse que n'a pas la trique de Monsieur Rostand. Je sais bien que « Chantecler, quoique illustre,

> A gardé sa franchise implacable de rustre ».

Tout de même il en abuse, et moins encore, lorsqu'il *attrape* tout ce monde, que quand il lance son « ôte-toi de là que je m'y mette ! » à tout ce qui se permet d'élever la voix. Il ne me souvient pas que Walter raille le chant de Beckmesser pour exalter le sien, que sa sublimité seule situe ;

(1) En 1911.

et cela c'est le grand défaut de ce coq ; au lieu
de tout simplement se prouver par ses notes, il
s'explique, se démontre, fait son boniment : « Je
fais lever l'aurore, je défends la rose ; je chasse
l'épervier ; je protège, on profite, on oublie et je
me souviens... pour ne pas pardonner. » Tout
cela est-il donc si généreux ? Et qu'il ne nous
donne pas, l'avantageux gallinacé, pour un trait de
modestie, son exception en faveur d'un rossignol et
son apparente humilité à l'audition des chants du
bulbul. Quelque malin pourrait bien se croire en
droit de lui répondre ; « Je te vois venir, beau
masque ! » Il y trouve son compte et le moyen
de se mettre en avant par comparaison pas trop
désavantageuse :

« On te faisait ici ce qu'on m'a fait là-bas ! »

Un détail, à l'appui de ce dire. Ce détail est une
dédicace composée, par l'auteur de Cyrano, à l'a-
dresse de l'auteur de... beaucoup de chefs-d'œuvre. Cette dédicace, après avoir mentionné le
nom de ce dernier, s'exprimait ainsi : « Hommage
à son génie et souvenir *fraternel.* » Notez ce *fraternel* suivant le mot génie. La maligne ! elle ne
s'inclinait pas, elle *se coublait.*

Au reste, qu'importe tout cela, maintenant qu'on a inventé la *critique chiffrée* ? Je ne plaisante pas, Barême remplace désormais Gautier, depuis qu'un grand journal du Matin, au lieu de signaler une nouvelle beauté, dans *Chantecler*, publie, tous les jours, sans commentaire, le chiffre de la recette : 12.850, 13.643, 14.937. Le malheur c'est que cette façon d'*absolu* n'a rien que de très *relatif*. Eh ! que pourrait-elle offrir de *probant* ? Qu'on recherche les recettes des *Corbeaux* ; trouvera-t'on plus de 2.537, de 3.829... et cela signifiera-t'il que ces oiseaux-là valent moins que tous ces Houdan, ces Padoue et ces Crèvecœur ?

Mais, quand il s'agit de Monsieur Rostand, les choses changent de nom, et presque de forme. Ainsi, par exemple, jusqu'à ce jour, et de même qu'il faut qu'une *porte* soit *ouverte* ou *fermée*, une *poésie* ne pouvait être qu'*éditée* ou *inédite*. Le chantre de Cambo ne saurait être, lui, tributaire d'une loi si commune ; ses inédits s'appelleront donc des « *non recueillis* », comme s'il s'agissait de ces parcelles d'hostie que la patène poursuit pieusement et scrupuleusement sur la nappe de l'autel, pour éviter le sacrilège à un fragment oublié, à une miette tombée.

Ces « non recueillis », un grand journal nous

en a, l'autre jour, servi une ribambelle, dont l'impression qu'ils laissaient était surtout celle que ç'aurait été rendre service à l'Auteur, de ne pas recueillir ces « recueillements » supplémentaires.

Citons quelques exemples de cette accélération du pouls, de cette surélévation de la température, dès que Monsieur Rostand est entré en jeu.

L'annonce d'une centième, sur une affiche de spectacle, éveille tout bonnement, en vous, l'idée, que le dit spectacle a été représenté cent fois. Cette centième-là, s'il s'agit d'une pièce de Monsieur Rostand, vous apparaît tout de suite comme la Mère Gigoʒne des Actes et des Paroles. Et cela, d'ailleurs non sans exactitude, car cette centième n'est jamais loin d'être une millième, si vous tenez compte des représentations parallèles de l'ouvrage, lesquelles ont lieu, dans le même temps, sous l'assaut de vingt compagnies, sur tous les théâtres du Monde.

La Baronne de Baye organise un petit chou-fleuri, auquel participe, je ne dis pas Monsieur Rostand lui-même, ni son épouse, en personne ; seulement leur rejet ; c'est égal, baronne, c'est peu, pour la circonstance, et se montrer à la hauteur du nom ; tel est du moins l'avis du courriériste, avis que nous ne sommes pas loin de partager,

quand nous voyons apparaître, avec le titre de
princesse, dans le compte rendu de ce festival
intime, la baronne bien connue sous ce tortil,
l'aimable dame au blond chapska de bouclettes.

On projette de ramener en France les cendres
de Napoléon Deux ; un journal publie une lettre
de Monsieur Rostand à ce propos, et il ajoute :
« Cette belle lettre aura *la valeur d'un acte diplomatique* ». Pourquoi ? S'adressera-t'on désormais,
pour obtenir une ode, à Messieurs Kurino, Puga
Borne, Liou-She-Shun, Machaïn, Vesnitch ou
Gyldenstope ; et se rendra-t'on chez Monsieur Rostand pour un traité de paix ? Non, une lettre de
poète reste la noble chose qu'elle peut être (qu'elle
n'est pas toujours), et l'acte diplomatique demeure
l'aride chose que l'on sait.

Un auteur fait représenter une pièce, Monsieur
Rostand télégraphie ainsi que font, pour des obsè-
ques, ou un mariage, Philippe d'Orléans ou l'ex-
Impératrice Eugénie ; il s'exprime alors au pluriel,
comme Louis XIV et Théophile Gautier : « Pro-
fondément heureux, vous embrassons de tout
notre cœur d'ami » ; Monsieur Rostand n'a pas
deux cœurs, comme les perdrix de Paphlagonie,
mais il en a un gros, qui palpite par fil spécial.

Ah ! que j'aime bien mieux notre auteur quand

il écrit tout simplement et bien gentiment, au
pâtissier de Versailles qui lui avait envoyé un baba,
un nougat, un Saint-Honoré ou une frangipane :
« Edmond Rostand remercie Monsieur X*** de
sa charmante intention et de son délicieux
gâteau. » C'est à peine si on se retient de désirer
d'être, ne fût-ce qu'une heure, ce pâtissier-là, et
d'avoir reçu ce mot si bon enfant, si aimable, si
sympathique ! Quelle exaltation, un peu jalouse,
dans la famille de l'honnête commerçant ! Quel
honneur d'exposer, dans la vitrine, aux yeux des
passants émerveillés, un tel autographe, de le faire
reproduire, en tête des factures, à la confusion
des concurrents ! Il y a encore de belles minutes
pour les Ragueneau de Seine-et-Oise.

« Son nom l'indique, Monsieur, c'est une borne... » disait d'Aurevilly, quand on lui parlait de
Bornier. Un jour que je parlais de Rostand à un
vieux mage que j'ai le bonheur de connaître, celui-
ci me répondit : « c'est un hobereau ». Je fus
surpris et un peu choqué ; tout de même, je n'ai
pas l'habitude de discuter l'opinion des mages ;
donc, je me dis qu'après tout, le poète habite la
province, que ses derniers portraits lui donnent
assez l'air d'un gentilhomme campagnard, etc...
Tout à coup, le mage continua, comme pour expli-

quer son expression : « il ne se jette que sur les petites proies » ; alors, je ne compris plus du tout ; puis, je me souvins que le sens exact du mot est un peu celui d'émouchet. Or, le lendemain, l'on annonçait que Monsieur Rostand, qui ne s'était pas manifesté en public, depuis de longues années, venait de faire une conférence, à bureaux fermés, dans un institut de jeunes filles qui l'avaient, à la sortie, poursuivi jusque dans la rue en lui lançant des fleurettes ; le mage jubilait. C'était peu après les grandes luttes de *Chantecler* ; on pouvait, dès lors, se demander, si une apparition, devant un public plus composite, moins bourgeoisement esthète, en un lieu vaste, n'aurait pas mieux répondu aux exigences de l'instant, et à certaines attaques, par un triomphe plus viril, lequel n'aurait pas manqué de se produire. Il eut lieu quelques jours après, au Théâtre Sarah Bernhardt, dans une matinée à bénéfice, où Monsieur Rostand récita *la Brouette* ; mais là encore, l'auteur ne pouvait-il être mieux inspiré ? Cette *Brouette* est, sans contredit, et de beaucoup, la moins bonne chose qu'il ait jamais faite ; c'est une sorte de pièce à la Coppée, du Coppée des pires jours, un petit poème mystico-littéraire, au cours duquel un rayon de soleil, posé sur cet ustensile de jardin,

13

finit par voyager avec le monocycle, pour faire du plaisir et du bien au héros de la scène. Pourquoi ne pas avoir choisi plutôt, ces ingénieux sonnets interludes dont je parlais plus haut et qui sont, à mon avis, l'une des plus précieuses productions dues à la plume de l'écrivain ? — « Frères ! est-il besoin de vous en donner les raisons ?... » n'aurait pas manqué de répliquer Baudelaire : la fâcheuse *brouette* enlevait une salle avide de miracles à peu de frais, et que peut-être auraient laissée froide les jolis sonnets qui m'entraînent. C. Q. F. D.

Quand notre illustre ami le Professeur Pozzi est allé soigner, à Bayonne, Monsieur Rostand, alors en danger, il lui devait, se devait, nous devait de sauver notre célèbre compatriote ; il l'a fait et bien fait. Aujourd'hui que ces inquiétudes se sont envolées, on peut se demander, avec cette pointe de bravade, et même de malice, qu'autorise la sécurité, ce qui serait advenu, si le mal avait été le plus fort et que le brillant dramaturge eût exigé d'être embaumé avec le manuscrit « non recueilli » de Chantecler. Dans quelle forme de triomphal engouement ne serait-il pas entré chez les Moires ? Au lieu de cela, nous en sommes encore à nous demander si la vieille *nurse* de Monsieur

Rostand dirait : « il a grandi... » depuis *Chantecler*. Ce dernier répondrait : « certainement ! » bien
que, (ou peut-être pour cette raison) toute une
vox populi se permette d'appliquer à ce personnage
lui-même, l'opinion de celui-ci, sur le propos de
son cher Paon. « Déjà, le Paon, démodé ?... »
clamait ce coq ; et voici que le capricieux écho lui
rapporte quelque chose qui n'est pas loin de dire,
à son tour : « déjà, le Coq, démodé ? »

Qui sait si

> Les blessures de bruit que font, dans l'étendue,

les cris de l'oiseau de pierres (et quelque invrai-
semblable que cela puisse paraître à certains...) ne
retentiront pas aussi longtemps que reluiront

> « Ces blessures de feu qu'on prend pour des étoiles ! »

Je ne connaissais pas *le Bois Sacré* ; j'ai voulu
le lire, et je partage, à son sujet, l'avis de Monsieur Rostand, dont la maîtrise a, certes, « grandi » depuis les jours lointains de la *Princesse Lointaine*. Mais je ne m'en suis pas tenu là ; de cette

fantaisie presque irréalisable, j'ai vu, depuis, l'exécution tentée par le Théâtre Sarah-Bernhardt ;
elle donnait tout ce qu'on peut attendre d'une
rapide mise à la scène, décidée un peu à l'impro-
viste et des moyens d'une troupe bien constituée ;
c'était tout, par conséquent, sans doute, pas
assez. L'essai d'une réussite presque impossible
exige des moyens exceptionnels, tels que pour-
raient être ceux du groupe que je vais supposer :
pour le rôle de Jupiter, Mounet-Sully, à vingt-
cinq ans ; pour Apollon, Albert Lambert, il y a
dix années ; pour Vénus, Mademoiselle Sorel,
encore plus belle (j'ai dit que je requérais des
choses impossibles) ; pour Phœbé, Madame Rubinstein ; pour Junon, Mademoiselle Darthy ; pour
Minerve, Madame Silvain, etc., etc... vous voyez
comme c'est facile ; faute de quoi, une bonne
interprétation ne dépasse point de beaucoup ce
qu'on pourrait obtenir de chatelains assemblés,
bien doués et intelligents, dans une belle résidence
Tourangelle.

C'est plus malin qu'on ne croit d'interpréter les
dieux ; même, un bon acteur pense qu'il suffit,
pour cela, de continuer à se mettre « dans la
peau » du personnage ; il commence par oublier
qu'un tel personnage n'a pas de peau, et qu'il

faudrait se mettre dans son nimbe ; or, les dieux du Théâtre Sarah-Bernhardt ne sont pas même, sauf un Hercule, assez Farnèsien, bien exactement dans la peau de leur personnage.

J'en prendrai pour exemple, Mademoiselle Derval qui est charmante, mais représenterait plutôt une Psyché ou une Diane, cette dernière lui donnant l'occasion de laisser voir ses cheveux d'ébène, assortis à ses yeux de jais.

Mais ce qu'elle représenterait encore mieux, ce serait surtout la jolie automobiliste ; il en résulte que, dans le moment où l'Aphrodite se coiffe du chapeau de cette dernière, on ne sait plus si c'est Mademoiselle Derval qui a emprunté la coiffure de Vénus, ou si Vénus a prêté sa ceinture à la gracieuse artiste ; échange également séduisant, mais un peu amphibologique. Pour bien faire et, je suppose, servir les intentions de l'Auteur, il faudrait un écart *ridicule* entre le coiffage de Lewis et l'anatomie de la Déesse. Ce ridicule n'existe pas, on a voulu l'éviter, on a eu tort ; vraisemblablement, Mademoiselle Derval rentrera chez elle avec ce vaste paillasson qu'elle avait pour une heure confié à Cypris ; plaisant à la ville, à la scène, çà se devine trop.

Une telle disproportion entre les personnes et

les *dramatis personæ*, a pour effet de transformer l'enlèvement des dieux, en un simple démarrage de masques ; ce n'est pas assez, car c'est faire, de ces Olympiens, les confrères de la *Belle Hélène*, ce qui ne me semble pas devoir être conforme au désir de l'Auteur ; mais je me trompe peut-être.

Si je ne me trompe pas, ces dieux sont trop humains ; je les voudrais au moins phosphorescents ; celà peut s'obtenir au théâtre. Les animaux symboliques eux-mêmes sont trop réglés sur le plan de Descartes, trop machinés ; ils viennent de chez le même faiseur que le pégamoïd de la voyageuse. Quant à l'essence même de ces *Cantica*, dont Monsieur Rostand parle de restaurer le genre, est-ce à désirer ? Cette épreuve ne le prouve pas ; de par la raison que j'ai dite, le texte, qui est bon, dans l'espèce, suggère, par cela même, au lecteur imaginatif, des images bien au-dessus de ce que lui fournirait la plus surhumaine des compagnies ; L'*Évocateur* évoque de son mieux, et, à l'instant même, le spectacle suscité devant nous baisse de bien des crans, et de beaucoup de degrés, ce que la *Folle du Logis* allait faire paraître.

Pour ce qui est de cet « Évocateur », j'en ai gardé pour la fin le personnage et l'interprète. Le premier me suggère cette réflexion que, depuis certain temps, notre auteur abuse de la *scène dans la salle* ; Monsieur Coquelin, qui l'exécute, au début de *Chantecler*, y associe verve et jeunesse ; il n'en va pas de même de Monsieur Brémont qui, je l'ai dit, fait de son mieux, au cours du *Bois Sacré*, mais qui nous avait habitués à un mieux supérieur ; sa note aux journaux pour expliquer que, s'étant *retiré*, il sortait de sa retraite par complaisance, s'explique aujourd'hui.

Le Jésus, un peu lourd, de la *Samaritaine*, est devenu un aède massif, auquel le drap d'Elbeuf sied moins que le candide cachemire. Quand, sur un rideau qui évoque la tunique de Joséphine, il fait mine d'escalader le trou du souffleur, tout le monde tremble. Ce n'est pas assez, Monsieur Brémont qui, déjà, ressemblait à un Assuérus de noce du samedi, un Roi de Perse de chez Gillet, prend soudain l'aspect d'un corpulent héros de Wagner (par exemple, Hunding) ; la boîte qu'il escalade, elle, devient comme une sorte de Frêne Ygdraissil, on dirait, abattu tout exprès pour servir de socle à cette grosse bottine.

Fort de cette victoire, l'Évocateur — j'allais écrire : l'Explorateur — franchit l'obstacle, descend le colimaçon qui, pour la circonstance, relie la scène à l'orchestre et, toujours articulant les vers du *Bois Sacré*, se met à arpenter l'allée des fauteuils ; je comprends bien qu'on a voulu épargner aux Olympiens le voisinage d'une queue de morue ; elle les aurait préparés à l'auto.

Une fois au bout du parterre, Monsieur Brémont se retourne et, de là, immobile enfin, permet aux vers de se poser ; alors, il se passe une chose étonnante, (au moins pour la place que j'occupais), un écho, tel que je n'en ai jamais entendu, se met à doubler le son, mais avec une exactitude si parfaite qu'il donne à écouter une seconde fois le poème de Monsieur Rostand. Notez que Monsieur Brémont avait, ce soir-là, un *chat* dans la gorge, un chat infiniment plus réel que l'aigle empaillé de Jupin, que la chouette naturalisée d'Athènè et que le paon sans pattes, mais automatique, de *Soror et Conjux*, et que la corniche, amie des reduplications, se plaisait à multiplier cet accident comme il le faisait des accents.

Cet écho date des jours de Cyrano ; en ce temps-là, entendre deux fois les vers de Monsieur Rostand, cela semblait peu ; aujourd'hui on trouve qu'une suffit ; on a tort peut-être.

★

Pour ce qui est des *Musardises,* je viens de les
lire, dans la réimpression qui en a paru, ces derniers temps, et qui, à vrai dire, en supprime le
principal attrait, lequel était d'y rechercher des
échantillons de la veine initiale de Monsieur Rostand ; peut-être le recueil vaut-il mieux tel que,
c'est même probable ; mais cet élément de comparaison y reste incertain, et les poésies ajoutées
ne suffisent pas pour le remplacer.

Évidemment la conjoncture était difficile ; l'auteur, à qui sa situation dramatique ne suffisait pas
(pourquoi ?) désirait sans doute l'étayer sur une
œuvre de début, que le mot *épuisé* servait peut-
être mieux ; alors, on l'a revue, augmentée,
d'une part, de l'autre, diminuée ; et, comme il
advient toujours, à la suite de ces remaniements,
c'est devenu un autre ouvrage. Tel quel, ce n'est
ni un *gros volume*, ni un *grand livre* ; chacun peut
y prendre un plaisir dosé par son plus ou moins
de goût pour cette flore d'artifice, cette virtuosité
étourdissante et comme articulée, qui donne plus
souvent la sensation d'une chose habile, que d'une
chose distinguée, et d'où l'émotion est si parfaitement exclue, sauf dans ce vers dépaysé, bien
isolé :

« Car ce temps est si beau qu'il fait penser aux morts ! (1)

Quelques réflexions, les dernières.

Les dates inscrites au bas de certains des poè-
mes paraissent signifier qu'ils sont ajoutés ; mais
l'indication n'est pas précise ; si elle était exacte,
il en résulterait que la pièce intitulée *Charivari à
la Lune* ferait partie du premier texte, et cela
serait d'une importance capitale.

En effet, on pourrait en conclure que tout
Cyrano (2) gisait en puissance dans ce charivari
typique et, disons-le, merveilleux ; mais je croirais
plus volontiers qu'il en est sorti ; le contrôle est
d'ailleurs aisé.

Quoi qu'il en soit, ce qu'on ne peut se représenter sans nostalgie, c'est le parti éblouissant,
étourdissant qu'un Coquelin aurait tiré de ce morceau, qu'il en a tiré peut-être, et maintes fois ;
que je regrette de ne pas m'être trouvé là, pour
jouir d'une si parfaite association entre la récitation et le récitant !

(1) Même la pièce sur *les mots*, qui s'essaie à s'émouvoir, reste
sèche finalement ; je n'ai jamais lu de Monsieur Rostand, qu'une
page émue, c'est son discours aux funérailles de Coquelin ; pour
cela, ce morceau demeurera son chef-d'œuvre.

(2) Autant dire tout Monsieur Rostand.

Quelques *renseignements d'âme* maintenant.

Il résulte de cette lecture que Monsieur Rostand a eu trois conseillers de jeunesse : une rose, une souris et un « doux pochard » ; je cite, pour ne pas paraître offensif, qui n'est pas dans mon intention.

La rose, je la comprends ; Moréas, dans le beau passage qu'il a consacré au charmant livre de Madame Bibesco, a parlé noblement des conseils donnés par « l'architecture de la rose » ; il s'agit de savoir si Monsieur Rostand s'est conformé aux sévères avis de cette maîtresse suave ; certes, son œuvre n'a pas la délicatesse d'une églantine, c'est une rose greffée, une rose d'exposition, un de ces Paul Néron, que les jardiniers mènent à d'extraordinaires amplifications par un arrosage savant et substantiel. Parfois même elle prend l'aspect de ces pompons énormes, que les modistes surmondaines, pour les assortir aux monstrueuses dimensions de leurs galurins, mènent, à leur tour, aux proportions des choux, et dans lesquels on a versé de l'opoponax, afin que l'odeur de ce nouveau Grand Prix d'Horticulture poétique, soit à l'unisson de sa couleur et de sa forme.

Le deuxième conseiller (et de prime abord, cela surprend davantage) est... une souris, une petite souris qui, tous les soirs vient donner une leçon de coup de dent, à l'étudiant plus ambitieux que mélancolique.

Ce conseil, de « patience » et de persévérance, le jeune étudiant l'a mis à profit, on peut s'en féliciter : les arceaux, les coupoles, les honneurs lui sont apparus comme autant de beaux pains de sucre, qu'il s'est bien gardé d'amoindrir ; il a préféré les escalader ; et, d'en haut, il contemple, avec un peu d'envie, ces nuages où Monsieur d'Annunzio a fait fleurir une rose immortelle, ces nuages où circulent les alouettes et les arondes, mais où, si rusées soient-elles, avec leur petit œil pratique et malin, les souris ne montent pas.

Reste le « pochard », dont il se peut bien, (préparation curieuse) que ce soit le prototype de Cyrano ; cet ivrogne est assez touchant ; pas moins vrai que je n'aime guère lui entendre proférer, *in articulo mortis*, ce monstrueux monitoire, si contraire à la vérité qu'il en représente précisément l'opposé odieux :

« Mais que nous font de verts lauriers sur nos tombeaux ? »

Évidemment ce propos du vieux moribond a grandement impressionné le juvénile esthète, et il l'a mis à profit, dans la mesure que vous savez, en faisant tout de suite, de tous les lauriers à sa disposition, une coupe, qui tenait, avec tout le brillant possible, de la *coupe réglée* et de la *coupe sombre.*

Puisse-t'elle, pour le désaveu que l'auteur de ce vilain vers lui donne incontinent, dans son poème, sinon dans sa vie, lui mériter de participer aussi, et surtout, au couronnement final tressé par cet autre vers, le plus beau de tous, puisqu'il contient la plus noble, la plus désintéressée, par suite la plus juste de toutes les espérances, le vers de Vigny, qui se fait gloire de contredire Pif-Luisant :

« Sur la pierre des morts croît l'arbre de grandeur ! »

Quelques *renseignements d'art,* enfin.

Rien ne m'ôtera de l'esprit que Monsieur Rostand a fait sciemment et consciencieusement, ce qu'on peut appeler des *exercices* dans la *manière* des Maîtres. Et qu'il a donc bien fait ! Il y a gagné sa personnelle maîtrise, et on ne saurait assez engager à faire de même, tant de débutants si outrecuidants et si sûrs d'eux, qu'ils n'inspirent l'envie... que de douter. Quand ce Maître est le bon

Coppée, dont l'*Évangile* (d'ailleurs lui-même d'un christianisme d'imagerie religieuse) a si nettement inspiré la fâcheuse *Brouette*, on peut le regretter ; quand il s'agit du seul vrai Maître de Monsieur Rostand, de celui qui, dès le début, a frappé l'œuvre du jeune Marseillais, d'une insolation heureusement incurable, les résultats valent mieux.

J'en veux pour preuve la pièce XVI des *Musardises*, je n'en doute pas, *volontairement* calquée sur les *Choses du Soir* de l'*Art d'être Grand-Père*. En tant qu'*invention*, elle n'aurait aucune raison d'être, aucun intérêt ; en tant qu'*exercice*, elle est *instructive*.

Vous vous souvenez de cette pièce d'Hugo, cette poésie enchanteresse, qui met en scène une promenade solitaire au crépuscule, avec tous les insignifiants détails que poétise la vision rendue incertaine, par le jour tombant, et, musicale, par le son de la cornemuse qui chante et pleure dans le distique du refrain :

« Je ne sais plus quand, je ne sais plus où
Maître Yvon soufflait dans son biniou. »

Voici la première strophe :

« Le brouillard est froid, la bruyère est grise,
Des troupeaux de bœufs vont aux abreuvoirs,
La lune sortant des nuages noirs
Semble une clarté qui vient par surprise. »

Dans la version de Monsieur Rostand, c'est
devenu :

« Derniers petits chants et petits ébats,
Des oiseaux, le soir, dans les arbres las.

On entend encor fuser quelques trilles,
La couleur du ciel commence à muer,
Des coups d'aile font encore remuer
La vigne des murs, le lierre des grilles. »

Ce n'est *différent*, qu'à la condition d'être abso-
solument la même chose... en moins bien ; même
mètre, même récapitulation des *choses du soir*,
accompagnée d'un unique refrain, en distique.

Et cela se poursuit :

« Le doux crépuscule a jeté sa cendre. . etc. »

Notons encore certain ours, dont Monsieur
Rostand nous affirme :

« et je n'ai pas, en somme,
Compris pourquoi cet ours ne mangeait pas cet homme. »

de même que l'autre lui aurait dit :

« Tu peux tuer cet homme avec tranquillité. »

Comme Banville a détaillé le « Clair de la Lune » en faisant reparaître la rime, dans le corps, ou dans le cœur du poème, les membres épars de cette chansonnette, Monsieur Rostand nous morcelle le *Pater*, dans sa « Prière d'un matin bleu » ; c'est *chrétien* au lieu d'être *lunaire*, mais, surtout, c'est *ad imaginem*.

Je finis, car il faut finir, par les *Parenthèses*. Je ne conçois pas, je l'avoue, qu'on récite quoi que ce soit qui ne soit pas ça, dans les réveils de Casinos ou les déclins à bénéfices. Vrai, si pour mon compte, j'étais sollicité de participer à quelqu'une de ces manifestations privilégiées, je jure que je ne choisirais rien d'autre pour me faire valoir, sûr du *bis* et du *millies*. Si donc les coryphées de ces sortes de spectacles, n'élisent pas ce morceau, cela signifiera que le goût des rappels sans précédent est devenu hors d'usage, ce qui ne sera pas sans faire l'éloge du bravo, mais sans porter atteinte à celui qui en a créé la réduplication de façon infaillible.

En ma qualité de vieux Gascon, de souche

héroïque, ce que je préfère, de beaucoup, dans les
Musardises, ce sont les pièces Pyrénéennes, les poésies de Luchon, qui sont vraiment juvéniles et presque senties. J'en atteste des vers comme ceux-ci :

> « Tous nos orgueils étaient modestes
> Comme des bijoux de corail. »

Ces vers, deux des plus sympathiques et des plus
souples qui se soient échappés de cette lyre d'a-
cier, l'écrivain les désavouerait sans doute aujour-
d'hui ; leurs successeurs sont devenus orgueilleux
comme des bijoux de théâtre ; le corail est plus
seyant, étant plus simplet.

Ce que l'auteur ne désavoue pas, malheureusement, ce sont ces médiocres sonnets à Massenet,
au cours desquels se rencontrent des disgrâces
d'expression dans le goût de « pour que lorsque »,
dont rougirait un débutant ; il ferait bien ; et la
presse publie cela comme si c'était un mandement
d'archevêque, bien plus, une encyclique de pape !

★

Maintenant et pour conclure, — cette fois, irré-
vocablement — je veux parler de l'Ode que Monsieur Rostand a fait paraître, non sans ostentation,

durant l'été de 1911. Évidemment les lauriers
(exigés vivants par le « doux pochard ») les lauriers
du grand importateur de l'aviation dans la littérature, empêchaient notre auteur de dormir, et il a
décidé (les résultats ne répondent pas toujours à
ces décisions-là) il a décidé de s'essayer à la possi-
bilité sublime qu'aurait représentée la réussite de
ce qu'il appelle témérairement : le Cantique de
l'Aile ; quels que puissent être, sur d'autres points,
les succès du chantre de Cambo, il restera l'Icare
de ce cantique-là, lequel a été chanté avec tant de
génie, par un autre poète, que nul ne saurait s'y
essayer dorénavant, sans être, d'avance, distancé,
vaincu.

Vous connaissez cette impression, entre toutes,
pénible, qui consiste à *ne pas démarrer*. Une telle
impression, je sais peu de choses qui la donnent,
au degré de cette ode si supérieurement entravée.
Elle a beau s'époumonner à clamer, sans vraie
force, ni grande grâce :

> « Il est temps de chanter le Cantique de l'Aile...
> Ah ! Chantons le Cantique... »

Eh bien non, il n'est plus temps, l'heure est
passée ; et quand le poète écrit :

« Ils nous ont obligés de lever le visage »,

comment ne pas se souvenir de l'autre poète,
celui qui, le premier, a écrit : « tous les fronts
durent se lever » ?

Monsieur Rostand a beau se battre les flancs,
avec non moins de majesté que de rhétorique,
pendant soixante-quatorze strophes, il n'en jaillit
pas un duvet ; et il se trouve qu'ayant résolu d'é-
crire le Cantique de l'Aile, le rimeur se trouve
n'avoir tracé que le *Cantique de la Plume,* ce qui
ne saurait passer pour un but atteint.

La toute dernière image est assez belle, mais
elle est inexacte ; ce n'est pas l'aile du vautour que
le volateur a copiée, c'est l'aile de la chauve-souris ; aussi bien Monsieur Rostand était-il dans un
jour d'injustice, le 12 Juillet, sans cela il se serait
fait un devoir de nommer Léonard de Vinci et les
Wright. Pourquoi cette vague allusion à deux
frères, qu'on ne semble plus jamais rappeler que
rageusement et par dessus le marché ? N'est-ce pas
bien étroitement ingrat ?

D'autres belles images, certes, il y en a beaucoup, dans l'ode de Monsieur Rostand et, bien
entendu, tout l'ouvrage est une excellente composition, sans cela, nous commencerions par n'en

pas parler, pour nous exprimer, à notre tour, comme ceux qui se pluralisent ; si nous la discutons, c'est comme obtention d'une visée exceptionnelle, qui ne paraît pas atteinte.

La gentille petite souris grise du foyer de jadis a beau se métamorphoser en alouette, et se « démesurer », elle se souvient trop de ses moyens ordinaires ; elle grignote le fuselage et ronge le vol plané.

Notre confrère et ami Monsieur Arthur Meyer, qui avait adressé son nouveau volume à Monsieur Edmond Rostand, a reçu de l'illustre auteur de *Chantecler* la lettre suivante, que nous sommes heureux de publier :

Mon cher ami,

J'ai sur ma table les violettes de mon jardin et celles de votre héroïne. Elles embaument. Vous m'avez révélé, dans ce charmant livre, dont l'immense succès ne m'étonne pas, cette élégante, fine et poétique femme, et donné le regret de ne l'avoir point connue. Vous m'avez même appris que je lui devais de la reconnaissance : que ne l'ai-je su quand je pouvais encombrer son salon de mes « Parme » mauves, dont le parfum lui aurait

plu ? Ceux qu'elle a aimés sont enviables. Je vous félicite d'avoir fait revivre cette adorable silhouette que
l'histoire littéraire vous devra. Toutes vos indiscrétions
ont de la grâce et gardent de la piété. Croyez que je suis
heureux de votre triomphe d'une si jolie qualité, et à
mes souvenirs les meilleurs, et à ma vieille gratitude.

Je suis aux pieds de Madame Arthur Meyer.

Edmond ROSTAND.

On a fait naguère, pour ne pas dire jadis, à
Monsieur Edmond Rostand, un mérite, dans une
mesure, justifié, d'avoir ressuscité le panache his-
torique, lequel, d'ailleurs, n'était peut-être pas si
mort que ça.

Le panache, c'est une plume ; une plume peut,
même doit servir à écrire ; maintenant, est-il nécessaire que ce soit cela ?...

Parlant, un jour, de Châteaubriand, Hello
buta contre un passage où l'éloge du grand écrivain faisait, selon lui, fausse route; il cita le texte,
puis il conclut : « J'aurais eu encore beaucoup de
choses à dire sur Monsieur de Châteaubriand ;
mais, après cela, je ne dirai plus rien. »

VI

LE BEAU CAVALIER

LE BEAU CAVALIER

Tous les individus ne sont pas tout d'une pièce ;
non seulement il n'est pas défendu à un artiste
d'être un homme, mais on peut affirmer que c'est
dans la mesure où le premier permet au second
d'agir sur lui, de mêler la réalité humaine à l'esthétique rêverie, qu'il en résultera une personnalité
puissante et originale, caractéristique et attachante.
Je me souviens d'avoir entendu Madame Duse
clamer furieusement : « je serais bien fâchée de
n'être qu'une actrice » ; elle voulait dire que rien
n'est incomplet, par suite froid et sans action,
comme un être exclusivement spécialisé, cantonné
dans une partie. Un homme préoccupé d'être un
peintre risquera beaucoup de n'en avoir que les
dehors ; on en rencontre encore de cette espèce ;
ils portent le pantalon à carreaux et de la coupe
dite *chasseur d'Afrique*, le veston de velours ajusté,
les cheveux longs et le feutre mou à grands bords.
Ils tiennent tout cela de Gavarni et le conservent
avec un soin jaloux ; mais c'est le seul héritage
qu'il leur ait légué.

Ah ! que Gustave Jacquet fut différent de cette race ! Je crois bien, presque j'en jurerais, que si on lui avait demandé ce qu'il aimait le mieux au monde, il aurait répondu : « l'équitation ». Eussiez-vous ajouté, comme on le faisait naguère, au cours de certains jeux de salon : « quel est l'accessoire pour lequel vous avez le plus de goût ? » il n'aurait pas manqué de répliquer : « la cravache ». Il est vrai que la cravache est bien près de ressembler à une brosse, avec le joli faisceau de fils de soie qui s'assemble à son extrémité ; Musset a parlé d'un homme qui avait « un gentil brin de plume, à son crayon » ; parlant de notre peintre, il aurait pu dire que Gustave Jacquet, avait à sa cravache, un admirable brin de martre.

J'y pensais, l'autre jour, en regardant, sur la cheminée de la chambre où il vivait et mourut, la rangée de ses éperons désormais inutiles et qui, sous la tête étoilée de leur molette, semblaient eux-mêmes chevaucher leur sellette de velours. Je songeais qu'une bonne part de l'allure altière du talent de Gustave Jacquet lui venait de ceci, qu'il avait été, avant tout et par dessus tout, un *beau cavalier* ; oui, tout ce que contient de grâce et de force, d'élégance et de séduction, l'assemblage de ces deux vocables, Jacquet l'a fait passer dans son œuvre savante et charmante, où les satins ont les frissons et le luisant des robes équestres, œuvre pimpante et fringante comme les beaux attelages, et sur laquelle il me semble entendre courir ce refrain du poète cité plus haut :

> « Assez dormir, ma belle ;
> Ta cavale isabelle
> Hennit sous les balcons... »

Ce refrain, il l'a lui-même chanté, au cours de sa vie, il l'a chanté pour une femme qui fut sienne et ne l'a quitté que pour le tombeau ; une écuyère, une amazone qui, de par cet attrait, agit fortement sur son esprit comme sur son cœur et, par suite, sur son art. Elle y ajouta d'autres agréments et d'autres pouvoirs, lesquels exercèrent une telle influence et laissent de si brillantes, de si durables traces dans l'œuvre de ce peintre éminent, de ce dessinateur excellent, qu'on ne saurait écrire l'histoire de Gustave Jacquet sans y mêler celle de cette première compagne, collaboratrice aussi vaillante que la seconde, certes de non moindre valeur, sut être attentive, se montrer tutélaire et dévouée.

★

J'ai connu trois sortes de Gustave Jacquet (je parle de l'homme, car pour sa manière, heureusement, elle se prodigua sans varier) tous trois assez différents, et dont les deux premiers s'associèrent pour donner au troisième cet aspect de moraliste délicat, de philosophe raffiné qui nous laisse autant de regret ému que de souvenir attendri. Ces trois Jacquet, je les appelerais volontiers, le Jacquet du *succès*, le Jacquet de la *passion*, et le Jacquet de la *mélancolie*.

Le premier, ce fut un jeune homme, un peu hautain, à l'agréable figure d'un de ces reîtres qu'il se plut souvent à évoquer et à reproduire ; c'est celui-là qui peignit, d'après un joli modèle aux yeux bruns qu'il aimait alors, cette *Rêverie*, laquelle valut, en un jour, à son auteur, une célébrité qui lui était due. Cette grande toile, je l'ai revue, il y a quelques années, lors de ma visite à New-York ; elle ornait, le jour d'une réception de contrat, la fastueuse demeure d'un richomme de là-bas, et j'admirai la forme de croissance et d'embellissement progressif que contiennent les ouvrages, mieux que nés viables, ceux qui naissent magnifiquement constitués pour l'épanouissement et pour la durée. Cette belle rêveuse, sûre d'elle-même, entre les bras de son fauteuil profond, parmi les plis de sa robe veloutée et pourpre, elle accomplit, avec une intensité à la fois voluptueuse et sereine, cet acte magnifique et magnétique, cet acte que Whistler appelait : « regarder pour toujours. »

Elle ne devait pas tarder à voir se lever, mais sans jalousie, une sœur qui allait traîner tous les cœurs après soi, sans lui en ravir aucun, la deuxième venue, mais *la première arrivée*. Si le velours caressant et chaud de celle-là pouvait symboliser l'ardeur concentrée de la méditation, l'étoffe miroitante de celle-ci devait, alors, figurer l'attrait plus allègre de la vie extérieure. Je ne sais si le peintre fit lui-même ce raisonnement, c'étaient plutôt réflexions de commentateur, chacun son métier ; ces tours légèrement philosophiques de leurs œuvres, les artistes les leur donnent « sans presque y songer », du jet naturel de « ce qui se conçoit bien » et « s'énonce clairement ».

Cette « première arrivée », son créateur l'avait nommée ainsi d'une appellation ingénieusement destinée à constituer un tableau, de la seule présentation d'une grande figure décorative. Certes, une école dite de réalité et de plein air, aurait pu lui reprocher de manquer un peu d'essoufflement, de rougeur et de poussière, à cette jeunesse qui

14.

venait de gravir une colline en courant et, comme on dirait aujourd'hui, battre un record de vitesse ; mais elle avait plutôt voltigé par les chemins de Boucher, de Fragonard et de Watteau, où, comme on sait, ne se récoltent que la poudre des boucles, le pollen des fleurs et la poussière des papillons, le rouge des fards et la palpitation des éventails. Jacquet restait donc dans la règle des tempêtes ornementales et des orages de la coquetterie ; c'était exceller d'un coup de maître ; la belle gagna la coupe, fit fureur. Elle le méritait, svelte et si bien campée dans ce fourreau satiné, à rendre envieuses les dames de Terburg, et auprès duquel celui de Madame Perdrigeon a l'air de ce qu'il est, de la tôle vernie. Cette gaîne plissée laissait voir les pieds galamment chaussés de la coureuse, dont la droite s'appuyait sur le pommeau d'une longue canne ; un collet bleu de Sèvres, bordé, brodé de métal comme le marli d'une soucoupe, s'attachait aux épaules, sans les cacher ; un menu tricorne soutenait de son noir la vivacité de cette scène joyeuse ; puis, sur le fond, au lointain, tout au bas de la toile, apparaissaient les têtes admiratives, et un peu envieuses des retardataires, les unes, venues pour prendre rang, d'autres pour voir.

Le jeune maître, en pleine possession de sa

virtuosité et de ses moyens, avait su faire un chef-
d'œuvre de ce sujet, qui ajoutait, à son charme
réussi, la difficulté vaincue du motif banal, que
tant d'autres auraient rendu prétentieux et fade. La
vogue, par extraordinaire, légitime, de cette toile,
fut immense, universelle; Dumas fils l'acheta, puis
la revendit, à la colère de l'artiste. Ces hautes querelles, autour d'eux, ne font pas de mal aux œuvres d'art, qui demeurent calmes au-dessus d'elles :
leur célébrité s'en accroît. Celle de la « première
arrivée » avait consacré la renommée du péintre
dont les œuvres firent alors florès, sans, j'en suis
certain, (bien que je le vîsse peu, à cette époque)
lui communiquer de cette infatuation qui ne vient
qu'aux faux maîtres ; non, c'était, en ce temps-là,
le beau cavalier, heureux de mener de front la
chevauchée de la mode, celle du caprice et, en
apparence, du bonheur ; les commandes affluèrent ;
toutes les dames voulurent être peintes par Jacquet,
même avec cette confusion qui prête toujours à
sourire.

Il lui arriva ce qu'il advint à une graphologue
qui me disait : « on me demande de décrire des
caractères, d'après des écritures qui n'en ont pas ».
Quand on demandait à Jacquet de décrire des
« beautés de peu d'attraits chargées », sa sincérité

(car cela surprendra quelques-uns, à sa manière,
il était réaliste,) se vengeait de l'ennui de les
peindre, en les faisant telles qu'elles étaient, c'est-
à-dire sans esprit et sans beauté. Il en résulta que
je connais, « et je les vois si bien qu'elles me crè-
vent les yeux », plusieurs dames nullement satis-
faites de leurs effigies, lesquelles n'en restent pas
moins des œuvres d'art, tout en y ajoutant, pour nos
regards, le mérite d'être le portrait d'une laide ou
d'une sotte, spirituellement démontrée ou même
démasquée. Mais, à côté de ces exceptions, des
ensembles triomphaux de grâce et de beauté sur-
gissaient et s'épanouissaient. Je citerai, entre beaucoup, le portrait de la Comtesse de Brigode, rayonnant de fraîcheur sous son chapeau empenné et
son teint fleuri ; et cependant, il y en est un qui
le surpasse, lui et tous les autres, celui de Madame
Béchevet. Je me le rappelle, dans la salle de la
rue Boissy d'Anglas où il fut exposé ; sa forme
était celle des dessus de porte de Nattier, dont il
avait la radieuse séduction, la maîtrise fastueuse
et la grâce apprêtée. Je ne sais ce qu'est devenu ce
tableau ; quand on fera l'exposition de Gustave
Jacquet, il faudra le placer au centre d'un panneau
et grouper, autour de lui, tous les autres portraits
de ce Maître ; il représentera la fleur de son talent

de féministe individuel, comme la *Rêverie* et la *Première Arrivée* figureront la fleur pensive et la fleur vivace de son esthétique décorative.

Ces deux figures allégoriques, je me suis souvent dit qu'elles se partageaient et dominaient alternativement, ainsi qu'il arrive aux êtres complexes et complets, son âme et son cœur. Il avait, comme les meilleurs d'entre nous, une sérénade de Mozart, qui lui chantait dans la tête et dans les sens, avec son accompagnement dansant autour d'une mélodie triste ; il avait son jour blanc et son jour noir, son heure de miel et son heure de fiel, et c'est de cela que les thèmes badins, en apparence préférés par lui, tirèrent le pouvoir de faire réfléchir et de faire rêver des esprits non superficiels.

Cette première période fut longue, fort enviable, à la surface, et, je n'en doute pas, coupée de ces drames sentimentaux qui trempent les natures ; une autre période allait lui succéder, non moins profitable, non moins féconde. C'est vers cette date que Jacquet exécuta sa superbe aquarelle d'après la Comtesse Greffulhe, en costume de Diane, au bal Sagan, captivante figure dont les regards magnifiques luttent de sombre fascination avec les yeux d'une peau de panthère. Ce dut être aussi à ce moment que j'aperçus Jacquet (je le revois encore) sous les traits de Buffon, qu'il s'était spirituellement donné, pour tourner la difficulté humaine créée par l'invitation d'une dame qui l'avait rédigée ainsi : « on est prié de se choisir dans Buffon un costume ou une tête ». Il avait choisi celle du patron, et la portait bien ; mais je trouvais, à cette tête. quelque chose de *sérieux* et d'un peu *revenu* qui ne m'avait pas frappé jusqu'alors et qui, je pense bien, se faisait jour en elle. Certaine vanité des succès mondains lui était apparue ; je ne dis pas qu'il les reniait, mais c'étaient peut-être eux qui, avec leur injustice, leur infidélité et leur inconscience, allaient le renier, dans une mesure ; il le pressentait et se préparait à prendre les devants, à s'en venger en leur faussant compagnie, pour accomplir de plus solide besogne ; celui que j'appelle le Jacquet de la *passion* demandait à s'ouvrir sa place en accentuant ses témoignages.

C'est alors qu'il fit la connaissance de celle dont je veux, dont je dois parler, car son souvenir est plus qu'inséparable de cette portion de l'œuvre que je décris et de la vie que je retrace, plus qu'inséparable, presque intégrant ; celle qui en fut la créatrice, la collaboratrice, l'amoureuse, la sainte et, finalement, la martyre, ne serait-il pas indigne de l'oublier, au jour de la béatification artistique et de la canonisation professionnelle ?

Elle s'appelait Zélie Bardoux, elle était d'une modeste famille de la Champagne ; les détails biographiques ont, à mes yeux, peu d'importance ; ceux-là suffisent, du moins, pour moi. Ce qui en a une bien autre, c'est ceci : cette femme, belle et jeune, intelligente jusqu'au génie (j'entends, au sien) et vive jusqu'à la violence, devint pour Jacquet, dont elle fut la compagne et la première femme, une collaboratrice merveilleuse. Ce génie dont je parle et qui était le sien, c'est celui du déguisement ; chaque matin, elle apparaissait au peintre sous les costumes improvisés les plus imprévus, qu'elle se plaisait à diversifier, à multiplier en une ingéniosité inouïe. Le saisissement admiratif et ébloui, en lequel plongeait son ami chaque apparition de la femme-Protée, se résolvait vite et infailliblement en un irrésistible désir de dessiner ou de peindre l'être de fantaisie, de légende ou d'histoire que venait de faire surgir, devant ses yeux, l'assemblage inédit de quelques rubans, associés à des fragments d'atours authentiques ; j'insiste sur ce point qui nous sera utile pour certaine preuve. Cloué d'abord au sol dans l'étonnement

de se voir ouvrir sa porte par une personne
qu'il reconnaissait à peine, et qui était tour-à-tour
(car le travesti lui seyait au mieux) un prince,
un prêtre, une « finette », un « indifférent », un
escrimeur ou une joueuse de viole, il avait vite
fait de s'élancer sur ses crayons ou ses pinceaux,
et de fixer les traits de l'être à la fois chimérique
et vivant, créé pour lui, et pour un jour.

Cette série des œuvres de Jacquet, et bien particulièrement de ses dessins, est celle qui, pour
moi, représente le meilleur, le plus mûr de son
labeur et de son art. Je ne crains pas de m'avancer
exagérément en écrivant que, depuis Watteau, avec
certains dessins de Messieurs Degas et Besnard,
et les mines de plomb de Boldini, rien ne s'est
manifesté qui se puisse comparer à cette sûreté et
à cette science.

Cette heure dura longtemps; elle se vivait,
pour deux êtres, avec un renouvellement féérique
et une continuité vertigineuse ; tout autre travail
avait presque abdiqué ; le portraitiste disparais-
sait, ou du moins s'interrompait avec cette phase,
volontairement, je n'en doute pas, sous le coup
du magique enchantement de la fée, dont c'était
un prestige de plus (et peut-être le plus fort)
d'être aussi une amazone. Oui, elle aussi, portait

pour baguette, une cravache, et ce fut alors un des
étonnements de Paris, plus facile à surprendre, et
dont les yeux, non encore levés vers l'aviateur,
surveillaient les Allées du Bois, d'y voir son Gustave Jacquet chevaucher en compagnie d'une Clo-
rinde à califourchon, telle qu'une Walkyrie vêtue
de drap noir et en chapeau de feutre.

Cette période fut coupée d'un voyage aux Indes,
d'où Jacquet rapporta des esquisses et une philosophie, laquelle devait lui servir plus tard.

Mais ces enchantements n'allaient pas sans ma-
lices, j'entends celles de la Destinée : la belle créature joyeuse comme une fleur, savoureuse comme
un fruit, portait en elle un mal secret, sous le
coup duquel on la vit mourir, sans presque s'étio-
ler ; car le désir de servir, jusqu'à la dernière heure,
celui qu'elle aimait, la fit courageusement aborder
le trépas sans quitter les roses ; en cela pareille à
ce triomphal et douloureux modèle de Boucher,
qui, pour ne point cesser de plaire à son Roy,
dansa jusqu'au dernier instant, et sous les coups
même de la Faucheuse.

Et quand tout fut perdu, près de la fin, un
jour suprême, l'artiste désolé eut cet étonnement,
plus fort que les autres, et qui, s'il lui cloua les
pieds au sol, lui mit les sanglots dans le cœur, et

les larmes dans les yeux, de voir, une dernière fois, la porte s'ouvrir, afin de donner passage à Celle qui, toute parée, voulait poser, une heure encore, pour celui qui avait célébré ses infinies variations, ses vocalises d'attitudes.

C'est un des plus nobles miracles de l'art, et cela se doit ainsi, non seulement l'émotion ne paralysa point le talent de celui qui pleurait, mais elle le doubla : Jacquet peignit un pastel, séduisant et douloureux qui, mêlant, en cette minute, la souffrance à l'amour, lui permit de créer un de ses plus passionnants ouvrages.

Je me suis, à mon tour, efforcé de faire passer de cette émotion, en même temps que de traduire cette minute, dans un sonnet que je composai, plus tard, pour celui qui me les conta, quand il fut devenu mon ami :

Celle que vous pleurez eut le droit d'être fière,
Vous avez fait fleurir son image vingt fois,
Car c'est autant de fleurs aux parfums d'autrefois
Que ces portraits qu'on croit voir battre la paupière.

Leurs yeux ont un éclat de précieuse pierre ;
Et vos chers souvenirs vont redonnant des voix
Au moindre des atours qu'effleurèrent les doigts
Qui se sont refermés, pour vous, sur la lumière.

Le dernier est, de tous, le plus attendrissant :
Sur la poitrine, il porte un zinnia rouge-sang
Qui se mêle au velours funèbre des pensées ;

Ce pétale de pourpre et ses sœurs nuancées
Parlent, à qui sait lire en leurs airs de langueur,
D'une blessure ouverte, au-dessous, dans un cœur !

Et j'ajoute : honneur à celle qui a su prendre rang, mieux encore que dans le calendrier de la Chrétienté, dans le martyrologe de l'Art, à côté des Hélène Fourment, des Saskia et des Hendrijke Stoffels !

Comment de telles circonstances, ne serait-il pas né, le troisième des Gustave Jacquet, celui que j'appellerai le Jacquet de la *mélancolie* ? « J'ai tout souffert avec résignation, me disait-il, mais il est une chose à laquelle je ne m'habituerai jamais, c'est *la vue des rubans* » ; et il n'achevait point ; il voulait parler de ces rubans qu'il avait peints et qui, non moins que tant de chefs-d'œuvre charmants, rattachaient son cœur à ce souvenir.

Le mélancolique Jacquet était né. Les modèles mondains qu'il avait reniés le lui rendaient en

posant ailleurs ; Gautier l'a écrit, à propos de Jules
de Goncourt, on hait le *profanum vulgus* (autant
dire le monde) et on le condamne; et il ajoute,
l'Auteur d'*Émaux et Camées* : « le monde se le
tient pour dit et ne revient pas, les plus fières
natures en conçoivent des tristesses mortelles. »
Il y eut de ces tristesses-là dans celle de Gustave
Jacquet ; mais je le connus assez pour savoir que
nulle mesquine jalousie de métier, ne joua son
rôle dans ce sentiment, car jamais je ne fréquentai
de vivant qui sut, comme il le savait, donner un
nouveau relief à ce titre de galant homme ; non,
mais il était fier, il avait conscience de sa supériorité ; donc, s'il souriait avec un peu d'amertume,
c'était de se voir préférer des artistes indignes de
ce titre, et des productions mal désignées du nom
d'œuvres.

La philosophie, dont j'ai parlé, lui permit de
dominer ces petites misères et, je n'en doute pas,
de hausser jusqu'à la vertu, le mépris qu'il en fit
enfin ; c'est au début de cette phase que je le
retrouvai ; ce fut singulier et vraiment à la hauteur de cette dénomination de *rencontre*, dans la
noble acception que lui donne Hello. Nous nous
étions abordés, plutôt effleurés dans la jeunesse,
chacun avec ces inégalités que l'on appelle des

défauts et qui sont quelquefois des attraits ; on se retrouvait peut-être améliorés, mais à coup sûr, attristés de les avoir perdus ; il nous parut à l'un comme à l'autre, nous voir pour la première fois, et je veux le croire, à nous voir bien, puisque, de ce retour, naquit, entre nous, une sympathie qui devint de l'amitié, dura des ans et fournit ses preuves.

Il m'aborda comme si nous nous étions quittés de la veille et me dit impétueusement : « je suis de ceux que l'enthousiasme rafraîchit et que l'exaltation repose... qui est-ce qui a écrit cela ? » — « Je ne sais pas, répondis-je sincèrement, mais cela me plaît assez » ; et Jacquet de riposter en riant : « çà ne m'étonne pas, puisque c'est de vous » ; et il me le prouva par une citation plus étendue.

Si je ne fus pas insensible, comme on le pense bien, à la délicate flatterie de cet abordage, le sentiment qui l'inspirait me toucha bien plus ; de nouvelles rencontres en résultèrent, des causeries eurent lieu, de celles qui unissent ceux qui ont souffert.

Nos relations se poursuivirent avec une vigilante fidélité, de sa part, pleine de délicatesse. Je le revois, au premier rang, le jour de ma conférence sur Monticelli, il n'y a pas encore une année; il

y a aujourd'hui à peine quelques mois, nous
dînions joyeusement ensemble, chez notre éminente amie Madame Madeleine Lemaire. Vers le
même temps je le rencontrais chez la Duchesse de
Gramont, au lendemain d'une fête que j'avais donnée; et comme il acceptait de peindre une esquisse,
d'après un charmant modèle qu'il avait admiré
dans ma maison, nous prenions jour pour quelques
séances, au cours desquelles il m'écrivait pour
m'inviter à venir donner mon avis sur le commen-
cement de cet ouvrage. Le jour fixé, j'allais me
mettre en route, quand je reçus l'annonce que
mon ami était mort, le grand dessinateur, le peintre expert et charmant, le maître des satins et des
velours, des brocarts et des passements, posés
comme des guirlandes et des festons, sur une
famille de l'Éternel Féminin qu'il avait créée.

★

Comme s'il n'en était pas assez pour souffrir,
Votre art nous a donné plusieurs centaines d'Èves,
Cher Maître, cher Ami, cher Jacquet, et vos rêves
Ont pris forme de femme en âge de fleurir ;

Au point que, vers le soir, en fermant les paupières,
Vous pouvez vous tenir pour un Deucalion
Ayant fait, devant soi, naître, d'un jet de pierre,
Toutes les grâces ; mieux, pour un Pygmalion ;

Vous avez animé d'exquises Galatées ;
Elles tiennent, de vous, leurs formes, leurs couleurs ;
Mais, tel qu'un dieu plus doux, vous les avez dotées
De tous les dons, en n'oubliant que les douleurs ! (1)

Si je cite encore ici les vers que j'ai écrits, pour
Gustave Jacquet, sur un de mes livres, c'est qu'ils
nous font aborder le mystère subtil, disons spécieux, sur lequel plusieurs ont pu se méprendre,
et qui permit à Jacquet de demeurer peintre contemporain, tout en se faisant résurrecteur du passé.
Ce mystère, je le crois unique en son genre ; ce n'est
que l'observateur irréfléchi qui a pu le confondre
avec ses contrefaçons inférieures ; je veux parler
de cet aspect du Seizième ou du Dix-Huitième
Siècle donné à des personnages actuels, par la
physionomie, le tour de l'ajustement et presque
le parfum de l'atmosphère.

Il importe (car une triste expérience nous apprend,
un peu plus chaque jour, qu'un reproche, pour être

(1) On a vu que ce n'était pas vrai, pour l'un du moins des
tableaux de Jacquet, émouvant parmi tous.

saugrenu, n'est pas, de par cela, tout à fait négligeable) il importe de défendre Jacquet contre l'accusation d'avoir fait des pastiches. Pour ma part, je ne sais rien de moins intéressant que la reproduction transposée de dames modernes en Manons et en Cydalises, quand leurs habillements sortent de chez le costumier ou le couturier ; tel ne fut en rien le cas de Jacquet; il recherchait les types des siècles dont il était féru et les peignait de préférence ; de là au désir de les voir vêtus au goût de ce temps là, il y avait un pas, qu'il sut franchir avec le tact qui le caractérisait et le talent qui lui était propre. Par prédilection il collectionna les affiquets des époques de son choix; et quand un rapport certain lui apparaissait, entre un galbe et un ornement, une garniture et une frimousse, il faisait se rencontrer les deux, dans un rapprochement qui était une réconciliation et non un placage ; c'est ainsi que, peignant son *Menuet*, il prît pour modèles de ses beaux danseurs, le Vicomte de La Rochefoucauld et le Comte d'Alsace, lesquels lui donnèrent tout naturellement, et par le seul phénomène de l'atavisme, les poses prises par leurs ancêtres d'alors, dans des circonstances similaires.

Revenons à l'heure que j'ai dite, où l'on m'annonçait brusquement la fin de celui qui avait fait

tant d'honneur à l'existence ; cette fin, toujours
diverse et toujours pareille, quelle forme avait-
elle pris pour aborder notre beau cavalier ? Lui
était-elle apparue montée sur le Pégase ailé de la
mythologie, ou sur le cheval blanc de l'Apoca-
lypse ? Plutôt, j'imagine, il avait dû revoir, au
détour d'une allée du Bois, la silhouette victo-
rieuse de l'amazone de naguère, la valeureuse
compagne des randonnées équestres et des trouvailles d'atelier, qui lui avait fait signe de la suivre.

Le peintre rentra, vers les midi, et en attendant
l'heure du repas, il se remit au travail. Comme,
le moment venu, il ne paraissait point, quelqu'un
monta le chercher ; il était mort, assis devant son
chevalet, sa palette dans une main, dans l'autre, ce
pinceau qu'il avait illustré et qui, je l'ai dit, sut
avoir toute la souplesse, toute la fierté, toute l'é-
légance d'une cravache.

Ainsi mourut le beau cavalier, le vainqueur des
tournois du contour et des joûtes de la couleur,
dans un temps qui n'a plus guère souci des recher-
ches de l'éducation, ni des sincérités de la maîtrise.

Tel est, selon moi, le secret de l'empire
qu'exerce éminemment l'art de cet homme, sur

15.

ceux à qui déplaisent, avant tout, la singerie des
maniérismes révolus et des affectations qui furent
naturelles. Gustave Jacquet n'a point *imité* l'art de
Watteau, il l'a *continué,* avec un savoir qui ne lui
cède en rien, une virtuosité qui ne triche non
plus jamais, une âme tendre, un cœur sensible,
un esprit renseigné, et une main sûre ; pour cela,
il a droit, ayant été tour à tour le Jacquet du *suc-*
cès, de la *passion* et de la *mélancolie,* de nous apparaître, selon la belle expression de Mallarmé :

« Tel qu'en lui-même enfin l'éternité le change »,

devenu aujourd'hui le Jacquet de la *gloire..*

Maintenant, que sa fière modestie me pardonne,
je veux dire un mot de la seconde compagne de
Gustave Jacquet, celle qui se montra l'égale de
la première, avec d'autres dons et de différentes
qualités, non moins dignes de notre attention et
de notre respect. Aussi bien, et cela fait partie de
ces qualités-là, n'est-ce en rien l'offenser que de
célébrer sa devancière ; elle la connut, elle l'aima,
elle était sa parente et son amie ; c'est bien plutôt

elle-même qui s'offenserait de ne pas lui voir
rendre un hommage si mérité dans l'histoire du
peintre. Cette seconde compagne entoura de
zèle, de sollicitude et d'attachement, l'âge que j'ai
appelé celui de la mélancolie. Loin de prendre
ombrage d'une mémoire qu'elle sentait et jugeait
sacrée, elle en sut entretenir pieusement le culte,
aux côtés de celui qui le désirait, et devinait,
en faisant ce second choix, l'appui que trouverait le
souvenir du premier, dans cette épouse simple,
sincère et loyale.

Je ne veux plus dire qu'un trait, qui montrera
quelle fut la sensibilité de Gustave Jacquet, à ceux
qui ne connurent, de lui, que ses avantages exté-
rieurs et étincelants : comme il m'avait entendu
vanter chaleureusement et douloureusement les
mérites (qu'il avait su lui-même apprécier) d'une
personne que j'avais eu le malheur de perdre, il
m'envoya des fleurs pour placer *auprès de son portrait ;* cet hommage d'un peintre à une effigie,
n'est-ce pas à la fois rare et naturel, délicat et singulier, avec cette pointe d'inattendu qui relève les
conceptions et rehausse les actes ?

J'en fus infiniment touché, et pour toujours ;
ces fleurs, c'étaient des roses, elles brillaient de
tout l'éclat des corsages et du teint des héroïnes

de Gustave Jacquet; en reconnaissance de ce geste qui m'a conquis, je dépose aujourd'hui, devant l'image de leur auteur, des roses dont je voudrais qu'elle eussent le même parfum, une suavité aussi durable.

VII

LE MOULIN DU LIVRE

LE MOULIN DU LIVRE

Un homme sollicité d'écrire une préface pour un album de reliures, se récria en disant : « je ne suis qu'un technicien » ; puis, il écrivit la préface.

En présence de pareil honneur, qui m'est fait, de semblable service qui m'est demandé, je me récrie, à mon tour, et je dis : « je ne suis qu'un poète » ; puis, moi aussi, j'écris la préface.

Pas un commentateur qui se respecte, ayant à se prononcer sur une question de pareil ordre, ne manque de citer, complaisamment et doctement, les noms des Ève et de Le Gascon, auxquels s'ajoutent, dans une succession plus ou moins chronologique, avec des degrés de mérite inégaux, mais indiscutés, Boyer du Seuil, Dubuisson, Derôme, Pasdeloup, Thouvenin, Bozérian, Simier, Trautz-Bauzonnet, Capé, Chambolle, Lortic, David et Marius Michel.

Il fait bien ; c'est énumérer le d'Hozier des

relieurs, le Père Anselme de ceux qui ont élu et
accepté, pour leur mission, de vêtir nos rêves, en
y employant tous les dermes et toutes les couen-
nes, de la peau d'homme à la peau d'âne, de la
peau de femme à la peau de chatte, de vipère ou
de lionne.

Que le héraut de ces nobles habilleurs de
livres ne manque pas d'y joindre le nom de Meunier, et qu'il l'accompagne du gentil moulin qui
sert de blason à ce minotier si habile à bluter des
farines de génie, d'autres de talent, d'autres moin-
dres, et à les ensacher, bien que *non ejusdem farinæ*,
dans des sacs ingénieusement brodés de tous les
décors imaginables.

Un éminent préfacier de Monsieur Meunier
affirme que ce qui distingue, avant tout, cet artiste,
·c'est *l'intelligence* ; volontiers je dirais, moi : ce
qui le caractérise non moins, c'est *l'amusement* ;
impossible qu'un homme qui ne prend pas lui-
même plaisir à son travail, puisse l'accomplir avec
cette ferveur continuée, laquelle ne peut venir
que de l'allégresse maintenue.

Nul doute que la recherche joyeuse et l'heu-
reuse trouvaille d'un nouveau motif de décoration, à tirer d'une lecture, n'entre pour beaucoup
dans la réussite spontanée, bien qu'au fond labo-

rieuse, de tous ces plats aux ornements si bien en rapport avec les tons des maroquins choisis pour les interpréter, et souvent même le ton de l'écrit, qu'ils font penser à ces marbres ou à ces feuillages, dont les taches représentent des sujets, nés avec les grains ou les fibres, et créés par la seule Nature.

Et quand le relieur trouve à ciseler dans son cuir une silhouette de plus, soyez sûr qu'il est aussi exalté que l'était cet oiseau-poète mis en scène par Musset, quand il avait inventé une rime inconnue.

Dans un petit poème, naguère, par moi, consacré à la description des robes Japonaises, il y avait ces vers :

> Création finie
> D'où, seule, fut bannie,
> En toute dignité,
> L'humanité.

On ne pourrait en dire autant de cette « création finie » qui est celle de Monsieur Meunier, l'humanité y tient une large place, et ce n'est pas,

je l'avoue, ce que j'en préfère; j'éprouve même, à
voir Don Quichotte, par exemple, jaillir tout
armé, du flanc de son ouvrage, un sentiment,
quelque peu déconcertant, de mystère trop vite
résolu; l'entrecroisement de gantelets et de sole-
rets, de brassards et de cuissards, de rondaches et
de salades, autour d'une pile écroulée, des Romans
de la Chevalerie, me rendait l'Amoureux de Dul-
cinée plus présent qu'à le voir là trop réel, trop
emprisonné dans la conception, un peu convenue,
de l'imagier, qui ne laisse plus de place pour les
songes; mais cela, c'est affaire de goût, variable
pour chacun.

Cette humanité, admise par Meunier, à participer au décor de ses ouvrages, n'en abuse pas, et
je lui en sais gré, pour les causes que j'ai dites;
ce sont des chevaliers, des hallebardiers, des sol-
dats, des reines et des pages, des religieuses et des
inquisiteurs, des ribaudes et des prélats, des mères,
des vierges et des amantes, des sorcières et des
danseuses, des modèles et des rapins, des tâche-
rons et des nègres; je cite cursivement, au hasard,
et sans oublier nombre de figures allégoriques.

Tous ils sont mêlés à des faunes, à des flores,
à des objets, qui les aident à exprimer un sentiment, à traduire une pensée.

Comment ne seraient-ils pas en droit de pul-
luler sur des couvertures qui leur servirent d'en-
veloppes, tous ces animaux convoqués à leur tour,
et parfois appelés à s'ornementer eux-mêmes? Et
ce sont des aigles et des colombes, des paons et
des pélicans, des corbeaux et des hiboux, des chau-
ves-souris et des hirondelles ; des singes, des
verrats, des agneaux, des lions, des éléphants ;
des lamproies et des dauphins, des coquilles et des
crustacés, des scarabées et des papillons, des cigales
et des abeilles ; des reptiles surtout, dont l'en-
roulement terrifique et décoratif se noue avec
souplesse et se déploie avec langueur.

Tout cela, suivant les besoins de la cause, formule la douceur ou la force, la délicatesse ou
l'énormité, le jour ou la nuit, la tristesse ou la joie.

Et les plantes, elles dont on a rédigé le langage,
comment n'exigeraient-elles pas de dialoguer entre
toutes ces allégories ? Elles parlent, ils s'expriment de leurs couleurs et de leurs contours, lis et
lins, roses et œillets, nénuphars, iris et arums,
pavots et coquelicots, pâquerettes et myosotis,
chèvrefeuilles et jasmins, lierres et houblons,
chardons et ronciers, grenadiers et marronniers,
épis et lotus, houx, guis et mimosas, orchidées
et passiflores.

Mais les choses, dites inanimées, ne réclament-
elles pas leur droit à la parole, et même au cantique, dans cette « Prière des Objets », que je leur
ai consacrée au cours de ces *Prières de Tous*,
desquelles Meunier fut l'éditeur sympathique ? Et
les voilà qui, à leur tour, bavardent, bourdonnent
ou babillent, clament ou roucoulent, ricanent ou
pleurent, au long des plats ; les uns, ces objets,
guerriers, comme ces framées, ces masses d'armes
et ces faulx, ces lances et ces épées, ces flèches et
ces arcs, ces casques et ces cors, ces boucliers et ces
étendards, ces haches et ces chaînes ; et, plus modernes, ces étriers, ces fers à cheval, ces shakos,
ces épaulettes et ces ceinturons, ces gamelles,
canons et fusils. D'autres sont religieux, psau-
tiers, cagoules, olibans, crucifix, mitres et tiares ;
d'autres sont harmonieux ou retentissants, tam-
bours, tambourins, grelots, cymbales, buccins,
lyres et harpes, violons, guitares et mandolines ;
d'autres sont funéraires, linceuls, cercueils, sa-
bliers, lampes, flambeaux et cire, ou bien élégants,
écharpes, corselets, flacons, éventails et parasols ;
d'autres enfin, dont le pêle-mêle aurait enchanté
Beardsley, font se rencontrer des guillotines et des
potences, des clefs et des croix, des barques et
des barils, des feutres et des masques, des passe-

menteries et des mascarons, des amphores et des
cuvettes, des couronnes et des feutres, des vases
et des corbeilles, des lanternes et des coupes, des
palettes avec leurs pinceaux, des chartes et des
chopes, des bouées et des roues, des béquilles et
des balances, des tombeaux et des berceaux, des
mappemondes et des cornucopies.

Mais ceux-ci encore, à quels règnes les rendre,
sous quels vocables les enregistrer, ces crânes et
ces squelettes, ces nuages et ces astres, ces flammes
et ces fumées, ces stalactites et ces larmes ? Celles-
ci pleurent comme celles-là, et n'ont qu'à recevoir
un rayon du couchant pour devenir des pleurs
qui saignent, et servir à l'ornementation d'un
volume royal et désolé, qui se nomme *Les Perles
Rouges*.

Toutes ces voix, que vous entendez ici mur-
murer et grincer

« Comme l'orchestre avant le lever du rideau »,

suivant le vers d'un poète relié par notre relieur,
se mêlent ou se divisent en des unissons fraternels
ou volontairement discordants, en chœurs mélodieux, en duos charmants, en solos expressifs ; ils
chantent la gloire de l'Artiste savant et sensible,

qui a su extraire des cœurs et des calices, de la matière et de la pensée, un hymne à la gloire de l'Esprit Humain, du rêve enfermé, par la reliure, entre deux rectangles de peau, repris à des êtres, lesquels à l'exemple de la Vache d'Hugo, ont « rêvé à leur Dieu » en ruminant des images et des extases.

La soixante-quatrième de mes *Paroles Diaprées* s'exprime ainsi :

Pour l'exemplaire de Charles Meunier :

Comme on en vit au Moyen-Age,
Artisan-artiste, Meunier,
De rares peaux faisant usage
Pour vêtir et pour relier

Les manuscrits et les volumes
L'antiphonaire et le psautier,
Et sur eux, figurant des plumes,
Ou des fleurs, le mystère entier ;

Quand vous habillez notre Livre,
S'il est mortel, faites le vivre,
Dans la ciselure du cuir ;

Si nos œuvres sont immortelles,
Qu'elles emportent, avec elles,
Votre ouvrage, vers l'Avenir !

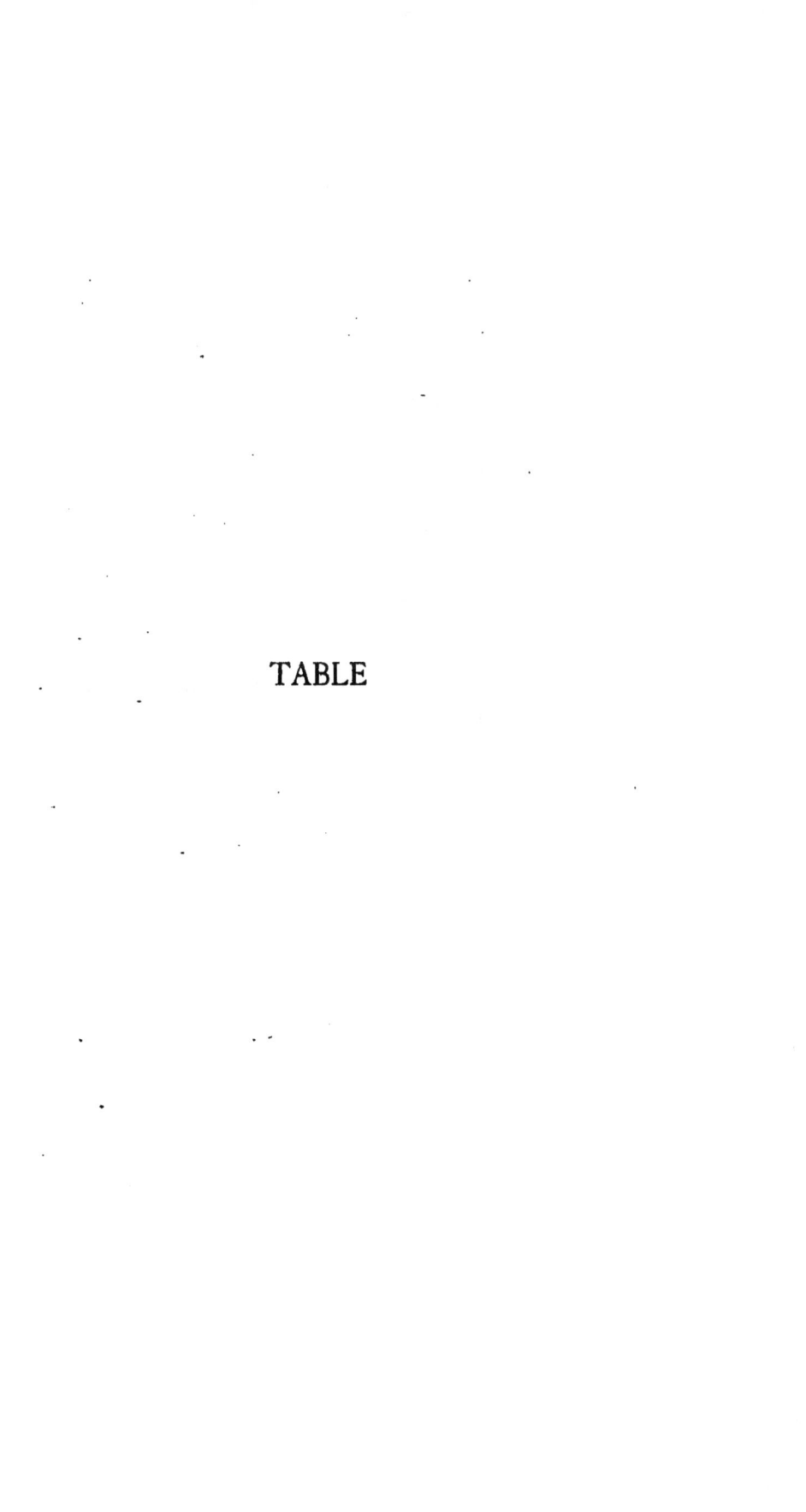

TABLE

TABLE

ACHEVÉ D'IMPRIMER
LE 8 JUIN 1916
par
A. CHEBROU
IMPRIMEUR A NIORT
pour
Edward SANSOT
ÉDITEUR A PARIS